KB042731

不死武人

불사무인 6

초판 1쇄 인쇄일 2014년 10월 27일 | **초판 1쇄 발행일** 2014년 10월 30일

지은이 군주 | **펴낸이** 곽중열 | **담당편집 팀장** 이범수
편집부 신연제 이윤아 김호성 김은경

펴낸곳 (주)조은세상 | 출판등록 제 2002-23호
주소 경기도 연천군 미산면 청정로 1355
TEL 02)587-2966 | FAX 02)587-2922
e-mail bukdu@comics21c.co.kr

ⓒ군주 2013
ISBN 979-11-5512-752-0 | ISBN 979-11-5512-285-3(set) | 값 8,000원

NEO ORIENTAL FANTASY STORY

불사무인 6

제 1 장

NEO ORIENTAL FANTASY STORTY

옥소마군이란 이름으로

나를 둘러싼 자들을 일별하고 나는 입을 열었다.

"여기 있는 자는 죽어 마땅해서 죽인 것이오. 이런 말을 한다고 해서 믿을지 모르겠지만."

내 말에 고광이 대꾸했다.

"시주 말이 맞는다고 해도 노도들이 있는 곳에서 살생한 시주를 그냥 두고 볼 수 없는 노릇이네."

"이해합니다."

나는 천천히 걸어 객잔 밖으로 나갔다.

그러자 화산파 도사들이 앞을 막았다.

"막지 마라. 도주하려고 하는 것이 아니다."

고광의 일갈에 화산파 도사들이 길을 열었다.

나는 객잔 밖으로 나가며 사람들을 훑어보았다.

한 사람을 찾기 위함이었다.

백리웅이 이런 때 자리에 없다는 것이 마음에 걸렸다.

'내뺐나 보군.'

구도기가 죽으니 당황해서 도주했을 가능성도 있었다.

나는 백리웅이 안 보여 오히려 안심했다.

그가 만약 다른 함정이라도 준비했다면 긴장할 수밖에 없었다.

화산파 도사들만 신경 쓰면 되었다.

"소생이 어떻게 하면 되겠습니까?"

나는 돌아서서 고광을 향해 물었다.

고광은 내 말을 금방 알아듣는 눈치였다. 만약 이곳에서 나와 싸우면 많은 화산파 도사들이 희생을 치를 터, 단둘이서 승부를 결정짓자는 내 말을 이해했다.

"그건 무슨 말인가?"

"소생은 고광 도장님의 뜻을 따르겠다는 것이지요."

내 말에 고광 도장이 파안대소하며 웃었다.

"그렇다면 시주는 무기를 내려놓고 노도에게 항복을 하시겠나?"

고광의 부리부리한 눈에서 형형한 기세가 폭사 되었다.

나는 고개를 저었다.

"그 말이 아니라. 싸울 것인지 아니면 소생을 보내 줄 것인지 선택을 하라는 말입니다."

내 말에 고우가 웃다 말고 일갈했다.

"으하하하하! 정말 하늘 높은 줄 모르는 중생이로구나. 감히 우리 앞에서 그런 망발을 하다니. 구도기 같은 자를 암습해서 죽이니 눈에 뵈는 게 없구나!"

"고광 도장님은 소생이 살생하지 않기 위해 노력했다는 것을 아실 겁니다. 하지만 소생을 공격하게 되면 소생은 어쩔 수 없이 살계를 열 수밖에 없다는 것을 알아주십시오."

내 말에 가소롭다는 듯 고우가 주절거렸다.

"세상 무서운 줄 모르는 애송이로구나. 마도에서 얻은 허명을 가지고 감히 노도에게 협박을 해?"

고우가 점점 흥분하는 것 같자 고광이 말했다.

"사제는 잠시 입 다물고 있게. 저 시주는 차분한데 어찌 사제는 흥분해서 날뛰는가 말이네! 누가 연장자인지 알 수 없지 않은가!"

고광의 따끔한 질책에 고우가 찔끔하며 입을 다물었다.

확실히 고광이 화산파 최강 무인 중 한 명이라는 사실이 드러나는 장면이었다.

"이렇게 하지. 시주가 빈도와 대결을 해서 빈도를 이기면 이곳을 홀로 떠날 수 있네. 만약 그렇지 않으면 시주는 본도를 따라 화산파로 가야 할 것이야."

내 의도대로 고광이 따라와 주자 빙긋 웃었다.

"고광 도장님의 뜻을 따르지요."

고우가 중얼거렸다.

"정말 세상이 얼마나 넓은지 모르는 하룻강아지 같구나."

자신의 사형 고광은 무림에 나서도 열 손가락에 당당하게 들 수 있는 절정고수였다.

그런 사형을 두고 대결 운운하는 어린놈이 가소롭기 짝이 없었다.

'그래 오히려 잘됐어. 괜히 혼전을 벌이다가는 애꿎은 본파의 제자들만 다치지. 사형 손에서 끝내는 게 나아.'

고우도 그리 생각하자 마음이 편했다. 그래서 멀찍이 떨어져 느긋하게 관전할 여유마저 생겼다.

제자가 가져온 의자 팔걸이에 팔을 올려놓으며 모처럼 사형의 절기를 구경할 수 있다는 사실에 미소가 어렸다.

구대문파는 본래 불(佛)과 도(道)를 추구하는 집단이라 무턱대고 전투를 벌이는 세가와는 달랐다.

사람 목숨이 중한 것도 알고 살생을 좋아하는 사람들도 아니었다. 이들 구도자는 부득이한 경우에만 살계를 열 뿐이었다.

나는 바로 이런 구도자들이 쉽게 생명을 취하지 않는 점을 이용한 것이다.

나 하나 잡겠다고 화산파 도사들 생목숨을 희생할 화산파 장로는 없었다.

고광 도장은 검 하나 들었을 뿐인데 그 자체가 하나의 거대한 벽처럼 느껴졌다.

아무리 두드려도 끄떡없는 거대한 암석 덩어리로 된 벽.

나는 혈영체를 얻고 혈기류를 볼 수 있는 경지이다 보니 이런 고수들에게 압박감을 느꼈다.

그렇다고 그 벽을 두고 돌아설 수도 물러날 수도 없었다.

두드리고 깨뜨릴 수밖에.

'분명 어떤 허점이 있어. 그것을 찾아야만 해. 그렇지 않으면 나는 고광을 이길 수 없어.'

고광 정도의 고수라면 허점 없는 완벽한 무인이었다.

하지만 나는 필사적으로 고광의 허점을 찾기 위해 노려보았다.

뚫어지게 쳐다보면 찾을 수 있을 것처럼.

'내가 내세울 것이라곤 빠른 것밖에 없어.'

고광의 손에 든 혈첩부를 검으로 찢을 때 보면 고광이 내 움직임을 완벽하게 파악하지 못했다는 것이 그나마 위안이 되었다.

무영무종섬이 고광의 매향표를 능가한다는 것을 알았으니 속도로 공략해야 승산이 있었다.

화산파의 무공은 현란함을 기본으로 하는데 그 현란함 속에는 쾌가 숨어 있었다.

그래서 고광은 먼저 움직이지 않았다.

반격을 가할 기회를 엿보며 검을 바닥으로 늘어놓았다.

후웅!

내가 움직인 후에 바람 소리가 났다.

빠른 속도에 공기가 나중에 반응한 것이다.

무영무종섬을 펼쳐 고광을 스쳐 가며 구중으로 옆구리를 후려쳤다.

쩌엉!

내 공격을 고광이 정확히 막아냈는데 고광의 검에는 진기가 실려 있지 않았다.

빠른 내 공격을 막기 위해 검에 힘을 뺀 까닭이었다.

'팔이 저려서 들지도 못할 걸.'

반면에 나는 구중에 진기를 잔뜩 실어서 내게 온 충격은 없었다.

고우는 옥소마군과 사형의 격돌을 목격하고는 침음을 삼켰다.

자신의 눈으로 옥소마군의 속도를 쫓지 못했다. 마지막에는 옥소마군의 모습마저 놓쳤다.

'인간이 이렇게 빠를 수 있나?'

고우는 혈첩부 부주 구도기가 아무런 반항 한 번 못해보고 목이 잘린 것을 보고 의아했었다.

그런데 옥소마군의 움직임을 보고 비로소 이해가 갔다.

그리고 어째서 사형이 홀로 옥소마군을 상대하겠다고 나섰는지도.

여기서 사형 아니면 옥소마군의 속도를 저지할 사람은 아무도 없었다.

고우는 평소 자신이 사형 고광에게 거의 근접한 무학을 완성했다고 생각했는데 이 한 번의 격돌을 보고는 생각을 고쳐먹었다.

'나는 아직 멀었구나. 나라면 절대 옥소마군의 저 일격을 막지 못했을 거야.'

고우는 길게 한숨을 내쉬었다.

그리고 사형 고광이 이 일전으로 크게 다치지나 않았으면 좋겠다는 마음이 들었다.

화산파의 체면을 생각했던 처음과는 달리 고우는 사형이 걱정되었다.

나는 고광과 싸움을 길게 끌어 봐야 좋을 것 없다는 것을 알고 있기 때문에 영익검을 꺼내 들 수밖에 없었다.

내 무영무종섬에 영익검을 더하면 고광이라도 막을 수 없다는 것을 확신했다.

구중을 품에 집어넣으며 말했다.

"암습이라고 말할까 봐 미리 말합니다. 제 애병은 연검입니다."

취리리릭!

허리춤에서 연검을 빼 들자 고광이 놀라는 눈빛이었다.

"음, 노도가 시주의 옥소도 간신히 막았는데 연검을 어찌 막을꼬."

고광은 괜히 엄살을 부리며 말했다.

아직은 여유가 있어 보였다.

'어디 내 영익검을 보고도 그런 여유가 나오는지 보자.'

나는 은근히 승부욕이 생기며 지면을 발바닥으로 밀었다.

천변만환검법은 고광을 만나 화려하게 빛을 발했다.

지금까지 이 검법을 제대로 받아낸 사람이 없어 처음부터 끝까지 펼쳐 본 적이 없었다.

수련할 때만 일 초식에서 마지막 초식까지 펼쳤지 사람을 상대로는 고광이 처음이었다.

그래서 나는 절로 흥이 돋았다.

그러다 나는 수십 초 만에 고광의 허점을 보고는 영익검을 밀어 넣었다.

그 한 수로 고광의 오른쪽 허파에 구멍이 날 터였다.

그런데 그것을 노렸음인지 진기가 별로 실려 있지 않던 고광의 검이 내 영익검을 쳐냈다.

찌잉!

"윽!"

나는 갑자기 엄청난 진기가 몸속으로 파고들자 나도 모르게 신음을 흘렸다.

'이걸 노렸구나.'

허점은 고광의 노림수였다.

그것도 모르고 냅다 걸려들었으니 고광의 얼굴에 어린 미소가 이제야 눈에 들어왔다.

그리고 그때부터 고광의 검이 날카로운 청광을 뿌리며 내 요혈을 노렸다.

매화검법의 정수가 펼쳐진 것이다.

나는 고광의 검을 막으며 주변에서 터져 나오는 탄성을 들을 수 있었다.

고광의 매화검법에 화산파 제자들이 감탄하는 것이다.

고광의 진기는 영익검을 타고 들어와 내 진기를 흔들어 놓았다.

그 바람에 수세에 몰렸다.

'진기를 가라앉혀야 하는데.'

진기를 진정시키려고 해도 좀처럼 안정되지 않았다.

'단전이 따끔거리는 것을 보면 혹시 자하진기가 아닐까?'

자하진기는 화산파 장문인에게만 전수되는 독문절기중

하나인데 고광이 익혔을 줄은 몰랐다.

'어떡하든 고광의 진기를 밀어내야 하는데.'

이대로 가다가는 고광의 검에 목숨을 잃는 것은 시간문제였다.

그때 백이염의 모습이 뇌리를 스치고 지나갔다.

그리고 설매검의 묘리가 떠오른 것은 정말 나에게 있어서는 구사일생의 패였다.

백이염이 설매검을 펼칠 때 나는 혈영체로 진기를 얼릴 수 있다는 가능성을 파악했지만, 그것을 직접 시험을 해본 적은 없었다.

그럴 시간적 여유가 없었는데 마체역근경을 운용하며 혈영체를 일으키자 자하진기가 몸속에서 굳어가는 것을 느꼈다.

'역시 내 예상이 맞았어. 혈영체를 설매검의 묘리에 맞게 운용하니 다른 진기를 고체화시키는 힘이 있어.'

나는 서서히 굳어가는 자하진기를 검으로 주입했다.

자하진기가 검으로 밀려 나와 서서히 영락검을 감싸는데 기이하게도 그 색이 붉었다.

자하진기를 혈영체가 감싸며 고체화시킨 탓이었다.

고광은 나의 영락검이 붉게 물들어가자 마공을 운용하는 것으로 오해하고 전신의 공력을 모조리 뽑아내는 것 같았다.

그의 검은 푸른 검기로 일렁거려 더는 검으로 보이지 않았다.

나는 고광의 심기에 다시 한 번 감탄했다.

'역시 늙은 생강이 맵다는 말이 허투루 나온 말이 아니구나. 내가 자신보다 빠르다는 것을 알기에 그것을 이용한 것이야. 자하진기로 내 진기를 진탕시켜 움직이지 못하게 만들었어. 이 모든 것을 싸우기 전부터 계획한 것이야.'

나는 내가 빠르고 혈기류를 읽을 수 있다는 것만으로 고광 같은 고수를 두고 방심한 것이다.

이런 고수에게 방심하면 어떻게 되는지 알면서도 그동안 침속을 죽이고 기고만장하고 있었던 것이다.

나는 모처럼 경각심을 받고는 등골이 오싹했다.

세작시절 사소한 정보 하나 취득하는데도 목숨을 걸었던 시절을 까마득하게 잊고 살았던 것이다.

푸른 검기를 형성한 채 내 가슴을 향해 찌르고 들어오는 고광을 향해 백락유성을 떨쳤다.

진각을 밟은 것과 동시에 영익검이 상하 좌우로 가파르게 떨었다.

그러자 영익검에 붙어 있던 붉은 검기가 잘게 조각나며 고광을 향해 비산했다.

고광은 수십 개인지 수백 개인지도 알 수 없을 정도의 작은 알갱이 같은 검기 조각들이 날아오자 기겁했다.

이러한 수법이 존재한다는 이야기를 들어 본 적이 없었다.

검을 조각내는 특수한 절기는 들어보았지만 검기가 이렇게 조각나서 암기처럼 날아오리라고는 생각조차 하지 못했다.

고광은 할 수 없이 옥소마군을 찔러가던 검을 급히 회수하고 자신의 앞에서 원을 그리며 검막을 펼쳤다.

급한 대로 자신의 요혈을 노리고 날아드는 검기 조각을 막아야 했다.

단순한 검편이라면 문제가 아니지만 검기 조각이라면 양상은 달랐다.

핏!핏!핏!

놀랍게도 검막을 뚫고 들어오는 검기 조각을 보며 고광은 호신강기마저 끌어 올렸다.

그리고 고광은 그 사이로 얇디얇은 잠자리 날개 같은 투명한 연검이 자신의 미간을 향해 날아오는 것을 느꼈다.

수백 개에 달하는 검기 조각을 막아내느라 옥소마군의 움직임을 놓친 것이 실수였다.

고광은 검을 돌려 검신으로 영익검의 검봉을 막아냈다.

찌잉!

몸 중앙으로 날아드는 검기 조각은 막아냈지만, 어깨와 허리 부분으로 날아드는 조각까지는 완벽하게 막지 못했다.

그 바람에 검기 조각이 베고 지나간 자리에 피가 흘러내려 푸른 장삼을 붉게 물들였다.

하지만 그것보다 고광을 더욱 자존심 상하게 하는 것은 따로 있었다.

옥소마군의 검봉이 고광의 검신을 뚫고 미간까지 닿아 있었던 것이다.

고광의 눈초리가 파르르 떨었다.

힘이 없어 옥소마군의 검이 미간에 멈춘 것이 아님을 아는 까닭이었다.

살짝만 힘을 주어도 자신의 미간은 구멍이 난다는 것쯤은 알고 있었다.

믿고 싶지 않았지만 인정할 수 없는 상황이었다.

나는 영익검을 고광의 검신에서 빼냈다.

스르릉!

마치 검집에서 나올 때 같은 경쾌한 소리가 울려 나왔다.

열릴 것 같지 않던 고광의 입에서 음성이 흘러나왔다.

"노도는 시주를 죽이려고 했네."

"알고 있습니다."

"그런데 시주는 왜 노도를 살려 주었는가?"

"도장을 죽이면 여기서 제가 살아나가지 못한다는 것을 알기 때문이지요."

내가 아무리 날고 긴다 해도 고광을 죽이고 이 많은 화산파 도사들과 싸워 무사히 몸을 빼낼 자신이 없었다.

"그것이 노도를 더 슬프게 하는군."

"후배가 운이 좋았습니다."

고광이 검을 내렸다.

"가도 되겠습니까?"

"여기서 시주를 누가 막을 수 있겠나. 가시게."

나는 영익검을 거두고 포권으로 인사했다.

이런 고수와 겨뤘다는 것만으로도 나에게는 영광이었다.

내가 돌아서려고 하자 고광이 차마 떨어지지 않은 목소리로 물었다.

"그런데 어떻게 자하진기를 몰아냈나? 그것은 불가능한 일이었네."

나는 고광을 향해 미소 지었다.

"운이 좋았습니다."

고광이 피식 웃었다.

그리고 더 이상 나에 관여하지 않고 돌아섰다.

패배마저도 깔끔한 도사였다.

나는 속으로 과연 화산파 도사다운 태도라며 속으로 감탄했다.

옥소마군이 멀리 사라지는 것을 보며 고우가 말했다.

"사형, 저대로 놔둡니까? 지금이라도 쫓아가면 잡을 수 있습니다."

"화산파 체면이나 명예를 땅바닥에 버리자는 말인가?"

"저런 마두를 잡는데 무슨 체면이 필요합니까!"

고우는 마두를 곱게 놔주는 사형이 이해가 되지 않았다.

"본도가 패했는데 그를 잡는 것은 예가 아니다."

"사형, 그런 마두는 예를 따질 것이 아닙니다."

여전히 아쉬운지 계속 고우는 고광을 힐난하듯 말했다.

"옥소마군을 잡으려고 했다면 여기 있는 제자들을 모두 잃을 각오를 해야 한다."

고광이 침중하게 말을 하자 고우의 기세가 한풀 꺾였다.

"설마 그 정도일까요?"

고우가 승복을 하지 못하고 중얼거렸다.

"이 사형이 그를 놔주고 싶어 놔준 줄 아느냐!"

고우는 고광의 눈에서 섬광 같은 승부욕을 보고는 입을 다물었다.

승부욕에 있어서 그 누구보다 강한 사람이 사형 고광이었다.

그가 그냥 놔주었다면 그 이유가 충분할 터.

자신이 너무 사형을 몰아붙인 것 같아 미안해 고개를 숙였다.

"죄송합니다. 그러나 혈첩부 부주의 죽음을 구천맹에 어떻게 설명해야 할지 막막해서."

"그건 걱정하지 마라. 내가 다 설명할 것이다."

고광은 옥소마군이 사라진 방향을 향해 시선을 두며 말했다.

아직도 옥소마군과 싸울 때 느낀 서늘함은 오싹함으로 남아 있었다.

제 2 장
NEO ORIENTAL FANTASY STORTY
죽음의 협상

제 2 장
죽음의 협상

고광을 이길 수 있었던 것은 순전히 운이 좋아서였다.

만약 위기의 순간에 설매검의 묘리가 떠오르지 않았다면 나는 고광의 검에 고혼이 되었을 것이다.

그런 면에서 나는 백이염이 여간 고맙지 않았다.

그리고 백이염을 기억하자 그녀와의 뜨거운 정사가 떠올라 몸이 절로 반응했다.

죽음의 고비를 넘기자 묘하게 욕정이 끓어 올랐다.

어쩌면 이것도 혈영체의 부작용일 수도 있다는 생각을 하며 혼자서 실소를 지었다.

나는 그 길로 안휘 묵혈교 지부로 길을 잡고 경공으로 달렸다.

여유가 생기자 범빙이 걱정된 것이다.

두 시진이 되도록 달리자 허기가 졌다.

나는 재너머 마을로 들어가기 위해 숲으로 들어섰다.

객점에서 요기하기 위해 지름길로 가로질렀다.

하지만 나는 숲 속에서 은은히 흘러나오는 살기를 감지하고 마체역근경을 운용하여 주변을 훑었다.

숲 속 곳곳에서 붉은 기운을 감지했다.

'모두 삼십여 명이군.'

은신한 이들을 보며 나는 크게 걱정하지 않았다.

그들의 수준이 화산파 도사들과 비교하면 현저하게 떨어지는 느낌을 받았다.

대부분 붉은 기운이 상체에 몰린 것을 봐서는 기운을 제대로 갈무리하지 못하는 무인들이었다.

그래서 처음에는 산적쯤으로 생각하기도 했다.

허나 이런 곳에 산적이 있을 리 없었다.

그것 하나만으로도 충분히 수준을 가름할 수 있었다.

서른 명이라도 그 정도 수준의 무인이라면 나는 걱정하지 않았다.

하지만 곧 모습을 드러낸 이들을 보고 나는 경직될 수밖에 없었다.

그들이 들고 있는 것은 우습게 볼 것이 아니었다.

'구천맹 멸혼조가 여기엔 어떻게 온 것이지?'

구천맹 멸혼조는 각 무력단체에 소속되어 있지만, 독립적으로 운용되는 조직이었다.

그것은 그들이 모두 활을 사용하는 조직이고 활도 화살한 대에 바위를 가루로 만들 수 있는 폭시(爆矢)를 가지고 있기 때문이었다.

멸혼조는 주로 무림공적이나 폭시를 사용해도 원망을 듣지 않을 마두들을 상대했다.

그런 이들이 이곳에 누구 때문에 온 것인지 생각해 보지 않아도 알 수 있었다.

'구도기가 데리고 온 것 같은데. 어째서 이들은 철수하지 않은 것이지?'

나는 주변을 훑어보며 멸혼조의 조장을 찾았다.

'혹시 구도기의 복수를 위해 나를 찾아온 것인가?'

나는 그 생각을 하며 조장을 찾았지만 엉뚱한 사람이 숲에서 걸어 나왔다.

"나를 찾고 있소?"

나는 여유 있는 모습으로 숲에서 나온 사내를 보고 흥미가 동했다.

그는 구천맹 부군사 백리웅이었다.

나는 모른 척 백리웅을 대했다.

실제로 혈첩의 신상을 아는 이는 혈첩부 부주와 군사 정도였다.

부군사 백리웅은 아직 혈첩의 신상까지는 알지 못할 가능성이 컸다.

워낙에 구도기나 제갈맹이 혈첩을 은밀히 운용하기를 원해 공개를 꺼렸기 때문이었다.

"나를 죽이려면 대가를 치러야 할 것이오."

나는 백리웅을 향해 말했다.

그러나 나는 혈첩의 본능으로 백리웅이 직접 모습을 드러낸 것은 다른 의도가 있음을 눈치챘다.

만약 나를 죽이려고 했다면 이유 불문하고 공격부터 했을 것이다.

내 말에 백리웅은 반응을 보였다.

"옥소마군의 결정에 따라 우리가 싸울 것인지 아니면 웃으며 헤어질 것인지 결정될 것이오."

"그게 무슨 말이오? 설마 나더러 항복하라는 말은 하지 않겠지요?"

백리웅이 고개를 저었다.

그리고 손을 들자 폭시를 겨루던 멸혼조가 몸을 감췄다.

당장 공격할 의사가 없음을 내게 보여주었다.

'무슨 수작이지?'

백리웅은 겁 없이 나를 향해 걸어왔다.

그리고 전음으로 말을 전했다.

─그대가 혈첩 칠호라는 사실을 알고 있소. 죽은 부주가

그대에 대해 알려주며 내게 협조를 구했지요. 이 멸혼조도 부주가 만약의 사태를 대비해 데리고 온 사람들이오. 지금은 내 지휘를 따르는 상황이지만.

나는 단도직입으로 물었다.

-그래서?

내 말에 백리웅이 움찔하며 반응했다. 그러나 여전히 그의 얼굴에는 미소가 어려있었다.

-협상을 하나 하려고 하오.

-협상? 당신 정도는 죽이고 이곳을 빠져나갈 수 있어.

나는 좀 강하게 말하며 백리웅을 살폈다.

-하하하, 그리 역정 내지 마시오. 누이 좋고 매부 좋은 협상이니 말이오.

-말해 봐.

나는 백리웅을 마치 아랫사람 다루듯 말했다.

-그대의 존재를 아는 사람은 이제 두 사람밖에 없소. 제갈맹 군사와 나.

-그래서?

-제갈맹을 죽여주면 맹에 있는 당신 존재를 완전히 지워주지.

-그대는 내가 이 협상을 들어 줄 거라 믿나?

-당연하지요. 그래야 당신에게 이득이 많을 테니까.

-어떤 이득?

-내가 당신이 활동하는데 적극 도움을 줄 테니까. 내가 구천맹의 군사가 된다면 말이야.

나는 야망이 큰놈이 신의를 지키는 것을 보지 못했다.

처음에는 구도기의 청을 들어줘 나를 죽이려던 놈이 상황이 바뀌자 바로 나와 협상을 하려고 하는 것을 보더라도 신의가 없는 놈이었다.

-아마도 네놈은 내가 제갈맹을 죽이면 바로 나를 무림공적으로 선포할 놈이야.

내가 놈의 심중을 파악하고 말하자 백리웅의 그 여유 있던 미소에 파문이 일었다.

-무, 무슨 말이냐! 아니다.

말을 더듬는 것을 보고 놈의 심중을 간파한 나는 싱긋 웃었다.

괜찮은 놈이었다면 협상도 해볼 만했지만, 말을 섞어 보니 가치가 없었다.

-네놈은 차라리 구도기의 명을 따라 나를 공격하는 것이 나을 뻔했어.

-무슨 말이냐?

-내가 처음 보는 사람한테 반말하는 게 무슨 의미인지 알아?

백리웅은 별로 좋지 않은 낌새를 느낀 듯 주춤거리며 뒤로 물러났다.

머리 좋은 놈들은 자신의 의도대로 이야기가 흘러가지 않으면 이렇게 크게 당황했다.

ㅡ죽여야 할 놈이면 초면에도 반말하지. 나는.

백리웅이 소리쳐 공격하라는 말을 하려던 순간이었다.

나는 그대로 백리웅을 스쳐 지나갔다.

그리고 그 즉시 무영무종섬을 펼쳐 숲을 벗어났다.

숲에서 은신하고 있던 멸혼조는 부군사 혼자 계속 서 있자 의아해 일어났다.

그래도 아무런 반응이 없어 멸혼조 조장이 부군사 백리웅에게 다가갔다.

"부군사님."

가만히 서 있는 게 이상해 물었다.

그래도 움직이지 않았다. 불길한 느낌에 들어 백리웅을 살짝 건드렸다.

"부군사님!"

어깨를 살짝 민 힘으로 상체가 앞으로 쓰러졌는데 머리가 뒤로 떨어지는 바람에 조장이 깜짝 놀랐다.

"부군사님!"

머리를 받아든 조장이 소리쳤다.

"놈을 쫓아!"

하지만 얼마 안 있다 멸혼조 조원들이 돌아왔다.

"흔적을 찾을 수 없습니다. 워낙에 빠른 놈이라 종적조차 찾을 수 없었습니다."

자신들이 보고 있는데도 느끼지 못할 정도로 부군사 백
리웅을 죽인 자였다.

그런 자를 이제 와 쫓는다는 것은 어불성설이었다.

서른 명에 달하는 멸혼조는 망연자실한 얼굴로 깔끔하
게 잘린 백리웅의 목을 보며 한동안 서 있었다.

백리웅은 나와 협상을 하려고 했을 테지만 그것이 죽음
의 협상이 될 것이라고는 예상하지 못했을 것이다.

나는 죽여야 할 놈이라면 확실하게 죽이는 쪽을 택했다.

혈첩시절도 그랬지만 지금은 더욱 그런 생각이 강했다.

나는 객점을 지나치려다 주린 배로 경공을 펼치기 싫어
객점으로 들어갔다.

멸혼조는 이미 내가 멀리 도주했을 것으로 생각하고 가
까운 객점에서 내가 밥을 먹을 것이라고는 예상하지 못할
것이다.

그래서 나는 느긋하게 주문을 했다.

간단하게 요리 주문을 마치고 자리에 앉은 백이염은 유
이연과 범빙을 보았다.

"따로 드시고 싶은 것이 있습니까?"

이렇게 딱딱한 어조로 묻는 백이염을 보며 유이연과 범

빙은 고개를 저었다.

두 여인은 뇌룡의검 이상선보다 백이염을 더 어려워
했다.

같은 여인이나 백이염은 어찌 된 것이 접근하기 어려운
분위기를 풍겼다.

거기다 여기까지 오는 동안 계속 검만 휘두르고 뭔가 궁
리하는 얼굴이라 대화를 하기에도 거북했다.

"지금 시킨 것만으로도 충분해요."

범빙이 대꾸하자 백이염은 다시 뭔가 생각하는 얼굴로
돌아갔다.

그런 사매를 보며 이상선은 고개를 흔들었다.

'하여간 못 말린다니까. 뭔가 벽을 깨는 것 같은데 무인
이 아닌 이 두 여인은 이해할 수 없지.'

이상선은 지금 사매가 중요한 고비를 맞고 있음을 알고
말을 걸지 않았다.

그러다 보니 자연히 유이연과 범빙은 주로 이상선과 대
화를 나누었고 그 때문에 두 여인은 그런 이상선을 다정한
사람으로 착각한 것이다.

분위기가 딱딱해지자 이상선이 슬쩍 농을 던졌다.

"그래도 아름다운 미인 네 명과 함께하는 여정이라 이
몸이 복이 많은 것 같습니다."

이 말은 이상선의 솔직한 심정이었다.

어떤 남자가 이런 미인들과 함께하는 여정이 즐겁지 않
겠는가.

"주문한 요리 나왔습니다."

점소이는 일행이 주문한 요리를 탁자에 쭈욱 늘어놓고
사라졌다.

네 사람은 맛있게 음식을 먹다 말고 객점 중앙에서 갑자
기 살기 어린 음성에 젓가락을 놓았다.

"원수는 외나무다리에서 만난다고 하더니 정말 그 말이
옳구나!"

말을 한 이는 삼십 대 중반의 사내로 청의를 입은 무인
이었다.

이상선은 그 무인을 보며 일행에게 말했다.

"청성파 무인입니다."

청성파 무인은 중년인이 앉은 탁자 앞에 서 있었다.

중년인은 청성파 무인이 소리쳐도 아랑곳하지 않고 국
수를 먹었다.

"밖으로 나와라! 원수를 갚겠다!"

청성파 무인의 말에 중년인이 고개를 들었다.

"넌 누군데 원수를 갚겠다고 하는 것이냐?"

대꾸한 사내는 사십 대로 보이는 중년인이었다.

흑의를 입은 그는 전신에서 냉기가 흘러나왔다.

"사부님의 원수를 갚겠다!"

"네 사부가 누군데?"

"사부님의 도호는 일선(一禪)이시다."

"일선? 가만있어봐. 생각 좀 해 보자. 도사 놈들의 도호는 죄다 비슷해서 기억하려면 시간이 필요해."

그러다 잠시 후 몽혼사검이 입을 열었다.

"아. 이제 기억나는군. 삼 년 전이었던가. 그때도 이 상황과 비슷했지. 밥을 먹으러 왔으면 곱게 밥 먹고 갈 일이지 밥 먹는 나를 보고 악의 종자라 하며 죽이려고 든 늙은 도사가 있었어. 가만있으면 천수를 누릴 것을 그 때문에 본좌에게 죽었지. 넌 그때 그 늙은 도사를 따르던 제자로구나. 살려주면 찌그러져 살 일인지 뭐하러 나서느냐? 아, 그동안 청성파에서 무공 수련을 좀 했더니 본좌가 만만해 보이더냐?"

느물거리며 흑의인이 말하자 청성 무사가 움찔했다.

분기를 참지 못하고 검을 뽑으려고 했으나 워낙에 객점에 이목이 많이 일어서지도 않은 자를 향해 검을 뽑을 수는 없었다.

원수를 갚아도 어디까지나 정파인의 모습은 지켜야 하는 것이 구대문파 제자의 자존심이었다.

이상선은 일선이라는 도호를 듣고 중얼거렸다.

"청성파 일선 장로가 삼 년 전 몽혼사검(夢魂邪劍)과 대결해서 패배한 일이 있습니다. 중상을 입은 일선 장로는 달포를 넘기지 못하고 돌아가신 일이 있습니다. 저 청성 무사는 일선 장로의 제자 같습니다."

이상선의 설명에 그때까지 먹는 데 열중이던 백이염이 비로소 고개를 들어 몽혼사검을 보았다.

몽혼사검(夢魂邪劍) 진열(震裂)

사파의 거두로 일파의 장로가 될 만한 실력을 갖추고 있으나 방랑벽이 있어 한곳에 머물지 못하고 떠도는 무인이었다.

초일류를 넘어선 무인으로 절정을 바라보는 초고수였다.

백이염은 그런 고수를 상대로 청성 무사가 어떻게 대응할지 궁금한 것이다.

그것을 보고 이상선이 피식 웃었다.

"하여간 사매도 대단해. 싸울 것 같으니 흥미가 동해?"

살짝 놀리는 말에도 백이염은 아랑곳하지 않았다.

"궁금하지 않아요? 청성 무사가 몽혼사검을 이길 수 있을까요?"

"글쎄다. 아무래도 무리겠지. 저 청성 무사가 청성파의 비전을 완성했으면 모를까."

백이염이 이상선을 보며 물었다.

"사형이 몽혼사검과 싸우면 이길 것 같아요?"

여인의 몸이라지만 승부욕이 누구보다 강한 사매라 그런 질문에도 기분이 상하지 않았다.

"몽혼사검과 싸우면 나도 승리를 장담할 수 없을 것 같구나."

이상선은 솔직히 말했다. 몽혼사검은 백전노장이었다.

꼭 상승무학을 익혔다고 해서 모든 것이 유리한 것이 아니었다.

실전에는 많은 변수가 발생하는데 그 변수를 가장 적절하게 이용할 수 있는 것도 실력의 일부였다.

그래서 후기지수들이 가장 꺼리는 상대는 백전노장들이었다.

그 말을 듣고 백이염은 더욱 몽혼사검에 관해 관심이 생겼다.

사형이 승리를 장담할 수 없는 고수라니 그 실력을 보고 싶은 것이다.

그래서 유이연이 한 말이 마뜩잖았다.

"이 대협, 저들의 싸움을 말려야 하지 않겠어요? 이 대협도 어찌해 볼 수 없는 상대라면 저 청성 무사가 위험하잖아요."

이상선이 고개를 저었다.

오히려 이런 상황에서는 범빙이 더 잘 이해하는 듯한 얼굴이었다.

범빙은 마도에서 자라다 보니 원수를 만나면 어떻게 해야 하는지 무림의 속성을 아는 까닭이었다.

하지만 유이연은 원수와 복수라는 개념을 잘 모르는 듯했다.

"사부의 복수를 하겠다는 청성 무사를 말릴 수 없습니다. 그것은 죽음보다 더한 치욕을 감내하라고 하는 것이고 검을 놓으라고 하는 것과 같은 말입니다."

"원수를 갚겠다고 서로 죽고 죽이는 게 전 아직도 이해가 되지 않아요."

무림을 모를 리 없지만 유이연은 목숨을 걸고 복수하려는 복수심을 이해하지 못했다.

이상선이 쓴웃음을 지었다.

"검을 든 자들의 숙명이라고 생각하시면 됩니다. 의원들이 아픈 자를 치료해야 하는 숙명과도 같다고 생각하시면 됩니다."

그 말에 유이연은 약간 이해가 되는 얼굴로 고개를 끄덕였다.

"그렇군요. 상대가 누구라도 의원이 된 자라면 치료해야 하니까요. 그자가 살인자라도 말입니다."

일행이 대화하는 사이 국수를 다 먹은 몽혼사검이 젓가락을 내려놓으며 말했다.

"다 먹었으니 나가지."

몽혼사검의 음성은 차분하기 그지없었다.

목에 칼이 들어와도 꿈쩍하지 않는 평정심을 보였다.

과연 사파의 거두다운 모습이었다.

사파인이라고 죄 없는 사람들을 도륙하는 자는 별로 없었다.

그런 자일수록 오히려 하류배일 가능성이 컸다.

지금 저 모습이 진정한 사파의 강자다운 모습이었다.

몽혼사검 진열이 나가자 청성파 무인은 당당하게 따라 나섰다.

"삼 년간 큰 성취를 이뤄서 복수하려는 것 같은데 청성파 최고 절기라고 하는 건곤신공을 익히지 않고서는 어려운 싸움이 될 것이야."

이상선은 걱정스러운 눈빛으로 말했다.

"그가 정말 건곤신공을 익혔을 수도 있잖아요."

백이염의 순진한 말에 이상선이 피식 웃었다.

"그럴 수도 있지."

하지만 그것은 작은 기대일 뿐이었다.

그들이 객점 밖으로 나가자 객점 안에서 식사하던 사람들이 일제히 자리를 박차고 따라나갔다.

"돈을 내고 가세요."

값도 치르지 않고 뛰쳐나가자 점소이가 소리쳤다.

그러자 서둘러 돈을 던졌다.

그만큼 이 두 사람의 싸움은 평생 한 번 볼까 말까 하는 고수들의 싸움이었다.

일반인들이 어디서 말로만 듣던 이런 고수들의 싸움을 볼 수 있겠는가.

두 사람이 객점 앞 공터에 나란히 서자 십 장 밖에서 둥글게 사람들이 인의 장막을 펼쳤다.

더 가까이 다가갔다가는 눈먼 검에 죽을 수도 있다는 것을 알고 있는 것이다.

뭣도 모르고 앞으로 나가 구경하려던 어린아이들을 잡아당겨 보지 못하게 밖으로 밀어낼 즈음에 두 사람은 검을 뽑아들었다.

"그대의 도호는 무엇이냐? 본좌가 누굴 죽였는지는 알아야 하지 않겠느냐?"

몽혼사검은 검을 겨누고 서자 상대를 약간 존중해주었다.

"명왕이 그대를 죽인 자가 누구인지 묻는다면 청성파의 정명이라고 말하시오."

두 사람은 제법 사람들이 기대할 만한 대화를 나누었다.

사람들은 두 사람의 대화가 패기 있고 무인답다고 여기는지 여기저기서 탄성이 흘러나왔다.

그리고 구경꾼이 있으면 몽혼사검은 어찌해야 하는지 잘 알고 있었다.

"후배에게 삼 초를 양보하겠다."

정명이 검을 들며 대꾸했다.

"사양하지 않겠소."

그 말을 끝으로 정명은 몽혼사검을 덮쳤다.

정명의 검에는 푸른 검기가 어른거리는 것이 제법 깊은 수양을 쌓은 태가 났다.

아마도 정명은 검에 검기를 두르게 되고 나서 자신감을 얻었을 것이다.

그래서 우연히 몽혼사검을 만나게 되자 복수하고자 겁 없이 덤벼든 것이다.

상대가 더 강할지도 모른다는 것 보다 자신의 검기가 세상의 최고라고 생각하기에 상대의 강함은 고려할 대상이 아니었다.

정명이 딱 그러한 생각을 할 수준에 도달한 것이다.

그래서 이 정도 수준의 무사들이 오히려 하수들보다 더 많이 죽었다.

자신의 실력을 제대로 가름하지 못해 생기는 폐단이었다.

"오! 오!"

정명의 날카롭고 현란한 검초에 구경하던 중인들은 탄성을 발했다.

그들이 보기에는 정명의 검이 대단하게 보였다.

그런 정명에게 공격하지 못하고 회피하는 몽혼사검이 정명보다 실력이 없어 보였다.

그러나 일류고수라면 이 두 사람의 싸움을 금방 간파할
수 있었다.

정명이 몽혼사검을 죽일 듯이 몰아붙이는 것 같아도 실
상 몽혼사검은 아무런 위협도 받지 않는다는 사실을.

괜히 정명이 헛심을 쓰고 있다는 것을 알고 있었다.

정명의 검초는 몽혼사검이 직접 검으로 대응할 수준이
아니었다.

그래도 청성 무인에게 무언가 기대를 했던 이상선과 백
이염은 한숨을 내쉬었다.

정명은 하룻강아지가 범 무서운 줄 모르고 덤빌 꼴이
었다.

"이 정도 놀아줬으면 죽어도 그리 억울하지 않을 거야."

몽혼사검은 지루한 표정이 역력했다.

그리고 몽혼사검의 손에서 순간 섬광이 일었다.

검이 발검 되었다가 다시 검집으로 들어가는 순간의 빛
이었다.

"큭!"

그리고 뒤늦게 신음이 따랐다.

정명은 가슴이 부여잡고 물러섰다.

그것을 보고 몽혼사검이 의외라는 얼굴로 말했다.

"호오, 그래도 아주 하수는 아니로구나. 내 일검을 피하
다니."

하지만 그 말은 어폐가 있었다.

정명이 피했다기보다 몽혼사검의 검이 정명을 일격으로 죽이지 못했다고 표현하는 것이 옳았다.

그래도 그동안의 수련이 헛되지 않아 몽혼사검이 발검하는 순간 반 보 뒤로 물러나 가슴뼈가 완전히 잘리는 불상사는 면할 수 있었다.

하지만 가슴이 깊이 베여 피가 허공으로 쭉쭉 뻗어 나가는 것을 막지 못했다.

허겁지겁 지혈했지만 워낙에 검상이 깊어 혈을 막아도 출혈은 계속되었다.

"아! 아! 어쩌면 좋아."

중인들은 공격하다 말고 일격에 당한 정명을 보며 탄식을 흘렸다.

"본좌에게 도전한 후배의 용기를 가상히 여겨 단칼에 죽여주마. 남길 말은 있느냐?"

정명은 입술을 깨물며 중얼거렸다.

"복수도 하지 못하고 이렇게 죽는 게 억울할 뿐이다. 죽어서 사부님을 어찌 뵐 것인가."

"하여간 정파 놈들이란."

몽혼사검이 피식 웃고 검을 들어 목을 베려는 순간 누군가 갑자기 정명에게 다가갔다.

이상선과 백이염은 두 사람의 비무에 신경을 쓰다 그만

유이연의 움직임을 놓쳤다.

유이연은 정명의 가슴에 지혈초를 덕지덕지 발랐다.

정명은 여인이 자신의 상처를 돌보자 말했다.

"어서 피하시오. 여기에 있으면 위험하오."

몽혼사검은 유이연을 보며 말했다.

"죽고 싶지 않으면 당장 거기서 꺼져라."

몽혼사검 진열은 자신의 행사를 방해하는 유이연을 보고 노기가 솟구쳤다.

"꼭 사람을 죽여야 하나요?"

유이연은 상처를 돌보며 대꾸했다.

"피하지 않으면 같이 베겠다."

몽혼사검이 검을 휘두르려고 하자 이상선이 진기를 담아 말했다.

"그건 곤란합니다."

이상선은 몽혼사검을 상대하기 위해 나서려고 하자 백이염이 먼저 앞으로 걸어나갔다.

"사매."

이상선이 놀라서 말하자 백이염이 싱긋 웃었다.

"사형, 제게 맡기세요."

자신 있어 하는 눈빛을 보며 이상선은 꺼림칙하지만 사매에게 맡겼다.

오는 내내 무언가 궁리하고 홀로 수련하는 모습을 보며

무언가 벽을 깬 것 같다는 느낌을 받았다.

그리고 그 벽을 깨면 새로운 경지를 확인하고 싶은 것은 무사로서 당연한 욕구였다.

그런 심리상태를 잘 아는 이상선은 백이염을 말리지 못했다.

또 말린다 해서 말을 들은 사매가 아니라는 것이 문제였다.

"이쯤에서 그만두죠."

백이염은 몽혼사검을 직시하며 말했다.

그러자 몽혼사검은 실소하며 대꾸했다.

"오래간만에 내 애검이 피 맛을 보겠구나. 이렇게 어린 망둥이들이 날뛰는 것을 보니."

말을 하는 몽혼사검의 눈에서 살기가 번들거렸다.

제 3 장
NEO ORIENTAL FANTASY STORTY
각성(覺性)

제 3 장
각성 (覺性)

몽혼사검은 스산한 음성으로 말했다.

"마지막으로 경고한다. 나에게 복수하고자 하는 자를 빼고는 모두 빠져라!"

아마도 몽혼사검은 보는 사람이 많다 보니 그래도 사파 거두로서의 체면을 지키고 싶어 최후통첩하는 것이다.

만약에 사람 이목이 없는 으슥한 곳이었다면 그냥 칼질하고 말았으리라.

아무리 사파인이라고 해도 별호가 널리 알려진 무인은 체면을 중시 안 할 수 없었다.

"저 의원은 아마도 끝까지 치료할 것이오. 그리고 나는 저 의원을 호위해야 하는 처지니 그대와 싸울 수밖에 없군요."

스르릉!

백이엽이 검을 뽑아들자 몽혼사검은 더는 두고 볼 만한 인내심이 증발하고 말았다.

"젖비린내나는 것들이 어디서 칼질 좀 배웠다고 기고만장하는구나. 좋다. 모조리 죽여주마."

몽혼사검은 눈앞에서 빙긋거리는 어린 계집년을 죽이고 의원이고 나발이 뭐고 할 것 없이 죄다 죽여버릴 마음을 먹었다.

그러자 그 억제하고 있던 살기가 노도처럼 일어났다.

그것을 지켜보며 백이엽은 더욱 차분해지는 마음이었다.

이런 강적을 앞에 두고 안정을 찾는 기분을 자신조차 이해할 수 없었다.

'몽혼사검이라면 내가 정말 설매검의 오의를 제대로 깨우쳤는지 확인할 수 있을 거야.'

백이엽은 몽혼사검을 선배 대접했다.

"후배가 먼저 가지요."

"오냐. 오너라. 하지만 갈 때는 네 목이 없을 것이야."

"제 목을 취하기가 그리 쉽지 않을 것입니다."

백이엽이 움직였다.

몽혼사검은 백이엽이 쇄도해올 때까지는 얼굴에 미소가 짙게 깔렸었다. 살기가 덕지덕지 붙은 미소가.

하지만 곧 백이염의 일격에 그 웃음기가 얼굴에서 떨어져 나갔다.

백이염의 검에서 무시하지 못할 검기가 일며 요혈을 파고드는데 어설픈 검기가 아니었다.

한 발도 움직이지 않고 백이염의 공격을 받아낼 생각을 하던 몽혼사검은 저도 모르게 보법으로 백이염의 공세를 피했다.

가만히 서 있다가는 난자당할 것 같은 느낌을 받아서였다.

"누구의 문하냐?"

백이염의 공세를 벗어나며 몽혼사검이 물었다.

하지만 백이염은 오직 설매검을 극성으로 끌어 올리는데 신경 쓰느라 몽혼사검의 질문에 답할 여유가 없었다.

몽혼사검은 백이염의 어떤 고인의 제자인지 몰라도 대단한 고수임을 깨닫고 자세를 바로 했다.

잘못하면 후기지수에게 목이 잘려 명성을 올려주는 마두 노릇을 할 뿐이라는 것을 잘 알고 있었다.

그래서 자신의 절기를 아낌없이 풀어냈다.

그때 백이염이 설풍망망의 수법으로 몽혼사검을 핍박했다.

몇 번 자신의 검격을 받아냈으니 설화난무로 검기를 조각내면 방심하는 몽혼사검을 이길 수 있을 것 같았다.

아니나 다를까 몽혼사검은 백이염의 공세에 직접 검을 부딪쳐 왔다.

몽혼사검이 천천히 공세로 전환하려는 순간이었다.

쩌엉!

백이염의 검에서 검기가 조각나며 몽혼사검의 얼굴로 쏟아졌다.

"큭!"

백전노장의 몽혼사검이라도 검기가 수백 개의 조각으로 깨지며 날아올 것이라고는 상상하지 못했다.

검과 검 사이가 워낙에 가까워 호신강기를 펼칠 시간적 여유도 없었다.

하지만 얼굴을 틀어 검기 조각 반은 피했으나 반은 왼쪽 얼굴 쪽에 박혀 들었다.

그러면서 조각 하나가 왼쪽 눈으로 파고들었다.

안구가 터지면서 피가 줄줄 흘러내렸다.

몽혼사검은 단 일 초에 자신이 이런 꼴이 될 것이라고는 생각해 보지 않아 잠시 멈칫했다.

하지만 백이염은 정지 동작이 하나 없이 공세를 펼쳐나 갔다.

설매검의 특징 중 하나인데 백이염은 전신의 공력을 끌어 올려 검기를 만들어 몽혼사검을 향해 검을 뻗었다.

그 잠깐의 머뭇거림이 피할 공간마저 없애버렸다.

몽혼사검은 정신을 차리고 나서 모든 공력을 오른손에 집중했다.

백이염의 검기보다 더 짙은 검기가 검에서 쭈욱 뻗어 나가며 검기를 두른 백이염의 검을 쳐나갔다.

쩌엉!

한 자나 뻗어나온 검기가 몽혼사검의 검기에 부딪히자 조각나며 사방으로 튀어 나갔다.

이번에는 몽혼사검도 조각나는 검기에 대응해서 적절한 시기에 호신강기를 펼쳤다.

이렇게 빠른 반응을 보일 것이라고 예상하지 못한 백이염이 당황할 것으로 생각했으나 오히려 백이염은 생글거리며 웃었다.

몽혼사검은 섬뜩한 느낌이 들어 고개를 돌렸다.

밖으로 튕겨 나가던 조각난 검기가 자신을 향해 날아오는 것이 아닌가.

"저건!"

퍼퍼퍼퍽!

목덜미와 뒤통수, 귀와 관자놀이로 파고드는 검기의 서늘함을 몽혼사검은 처음 느껴 보았다.

그 서늘함이 쇳물처럼 뜨겁게 느껴질 때 몽혼사검은 몸이 땅으로 푹 꺼지는 것을 느꼈다.

이상선은 저도 모르게 손뼉을 치는 자신을 발견하고

손을 내렸다.

몽혼사검과 사매의 공방을 넋을 놓고 본 것이다.

거기다 마지막에 설매검을 완성한 것도 모자라 검기 조각을 이기어검으로 움직이는 것을 보며 경탄을 금치 못했다.

"완성했구나. 사매가 결국 설매검을 깨우쳤어. 그것도 완벽하게."

이상선의 중얼거림에 백이염이 몽혼사검의 주검을 내려다보다 시선에 맞췄다.

"예, 운이 좋았어요."

"허허허, 난 여류최고 고수를 사매로 둔 사형일 것이다."

백이염은 활짝 웃었다.

"모두 반 소협 덕이었습니다. 반 소협이 아니었다면 여기 누워 있는 자는 저였을 겁니다."

이상선은 고개를 끄덕였다.

확실히 사매는 반설웅을 만나고 나서 명상하는 시간이 많아졌었다.

"나도 갑자기 그가 보고 싶구나."

유이연은 피비린내 나는 시체를 두고 두 무인이 대화하는 것을 보고 고개를 흔들었다.

자신은 죽었다 깨어나도 무인들을 이해하지 못할 것 같

앉다.

나는 배를 채우고 나서 차 한 잔 곁들이며 깊은 고민에
빠졌다.

향후 내 행보를 정하려고 하니 생각이 많아질 수밖에 없
었다.

나는 이제는 구천맹의 혈첩도 아니다.

'나는 이제 옥소마군으로 살아가리라.'

아주 엉뚱한 방향으로 인생을 바꾸는 것이지만 그것에
대해 그리 거부감이 없었다.

이대로 흑사문에 들어가 흑사문주 범척의 사람의 될 수
도 있었다.

하지만 나는 이왕 마도로 완전히 전향할 것이라면 혈웅
맹으로 들어가는 것이 낫다는 생각이 들었다.

'무엇보다 서룡의 생명을 구해줬으니 나를 홀대하지는
않을 것이야.'

나는 그런 생각을 하며 다음 행보를 곰곰이 따졌다.

굳이 혈웅맹이 아니더라도 백마교와 묵혈교도 나를 눈
독 들이고 있으니 선택지는 넓은 편이었다.

그러나 내가 활동함에 있어 든든한 지지자가 있어야
했다.

나는 그러다 피식 웃었다.

'내가 만약 서륭을 도와 그의 세력이 혈웅맹 맹주가 된다면 나도 혈웅맹에서 입지가 단단해지겠지. 흠. 그것도 괜찮겠는데. 그러다 맹주까지 해보는 것도 나쁘지 않고. 나라고 언제까지 혈첩이고 무사로 남으라는 법 없잖아. 거기다 나는 전무후무한 힘을 가지고 있지 않은가 말이야.'

생각해 보니 나는 너무 야심이 없었다.

흘러가는 대로 살다 보니 야망을 품을 여유가 없었던 것이다.

사실 혈첩 생활을 하면서 언제 죽을지 모르는데 무슨 야망을 품을 수 있었겠는가.

'하지만 지금은 달라.'

나는 자리에서 벌떡 일어났다.

그리고 객점을 나와 하늘을 바라보았다.

가치관이 달라짐에 따라 하늘도 다르게 보인다는 사실을 깨달았다.

이 전의 하늘은 그저 푸른 하늘이었다면 지금의 하늘은 웅지(雄志)가 생겨서 인지 나를 위해 존재하는 것처럼 느껴졌다.

나는 비로소 세상이 나를 위해 존재할 수도 있다는 사실을 느끼기 시작했다.

'절대지존이라 하는 자들이 자기중심적으로 생각하는 것을 이해하지 못했는데 이제는 알 것 같군. 그들은 세상이

자신을 위해 존재한다고 생각하는 거였어.'

절로 나오는 웃음 때문에 지나가던 사람들이 나를 힐끗
힐끗 쳐다보았다.

하늘을 쳐다보며 웃고 있으니 실성한 놈으로 보는 것
이다.

나는 묵혈교 지부가 있는 지역에 도착하고 나서 잠시 휴
식을 취했다.

그곳에서 나를 기다리고 있을 범빙이나 묘진홍이 걱정
되기는 했어도 내 행로를 정하고 나서는 모든 것이 하찮게
여겨지기도 했다.

달리 생각하면 범빙의 인연도 여기가 마지막일 수 있
었다.

나는 그러다 품에서 느껴지는 이질감에 무심코 손을 집
어넣었다.

손가락에 걸려 나온 것은 한 장의 서찰이었다.

서찰을 보고 나서 그동안 까마득하게 잊고 있었던 일이
떠올랐다.

흑사문의 동총관이 안휘에서 무슨 일이 생기면 찾아가
도움을 청하라는 서찰이었다.

'송옥장이라고 한 것 같은데.'

나는 문득 이런 서찰도 보지 못한 나에 대해 답답함을

느꼈다.

찌이이익!

그래서 나는 서찰을 읽어 볼 생각으로 봉투를 찢었다.

이게 뭐라고 읽지도 않고 그동안 귀중한 것 인양 품고
있었는지 헛웃음이 나왔다.

이런 사소한 것 하나에도 자유롭지 않으면 나 자신이 자
유롭지 못하다는 사실을 깨달았다.

내용은 범빙이나 범빙의 호위로 가는 내가 도움을 청하
면 그것이 금력이든 무력이든 아낌없이 지원하라는 내용
이었다.

그런데 마지막에 송옥장 장주의 이름이 적혀 있었는데
그 이름을 보고 흠칫했다.

'정우마검 강대호.'

강대호(姜大虎)라는 이름이야 한 현에서 찾고자 한다면
수십 명은 찾을 수 있을 정도로 흔한 이름이었다.

그런데 강대호라는 자의 별호였다.

정우마검(精友魔劍)이라는 별호는 무림에서 하나밖에
없었다.

'허어, 송옥장 장주가 사우회 일원인 정우마검 강대호
일 줄이야. 그런데 어떻게 흑사문과 사우회가 연관되어 있
지?'

나는 계속해서 꼬리를 무는 의문에 머리가 혼란스러웠다.

'우연이라고 하기에는 뭔가 석연치 않아.'

나는 묵혈교 지부로 가기 전에 먼저 송옥장을 방문하기로 마음먹었다.

어차피 백랑비마 금도상의 유지도 전해야 하니 방문하지 못할 것도 없었다.

나는 그 길로 곧장 송옥장으로 향했다.

송옥장(宋玉莊)

합비에서 동서쪽으로 빠지는 관도 옆 우거진 숲에 있는 장원이었다.

주변에 촌락이 형성되어 있고 너른 농지가 시원스럽게 뻗어 있었다.

겉으로 보기에는 어디서나 흔히 볼 수 있는 평범하기 그지없는 모습의 장원이었다.

주변에 탐문을 해보니 몇몇 제자들과 함께 조용히 사는 중년 무인의 장원이라고 알려졌다.

방문하기 전에 나는 혈첩의 버릇 때문인지 먼저 송옥장 정보부터 캤다.

이것은 죽을 때까지 버리지 못할 버릇 같았다.

그러니까 송옥장은 특별할 것도 눈여겨볼 만한 장원도 아니라는 결론이었다.

'그것이 모두 위장일 수도 있는 것이지. 금도상만 해도

초일류 고수였고 사우회의 일원은 모두 고수가 아닌 자가 없었어.'

그런데도 평범한 무사의 장원이라는 것은 뭔가 아귀가 맞지 않았다.

나는 당당하게 송옥장을 방문하기로 마음먹었다.

송옥장은 대문을 지키는 수문장 하나 없었다.

그래서 문고리를 두드려 사람을 불렀다.

탕탕탕!

그러자 곧 문이 열리며 무복을 입은 청년 하나가 이마에 땀이 송골송골 맺힌 땀을 소매로 쓱 닦고 나를 바라보았다.

"무슨 일이십니까?"

"장주님을 뵈러 왔습니다."

"사부님을? 어디서 오신 분이라 알려드릴까요?"

전혀 경계하는 빛도 없이 물었다.

"이 서찰을 보여주시면 될 것입니다."

나는 동총관에게 받은 서찰을 내밀었다.

"잠시만 기다리시오."

청년은 대문도 닫지 않고 뛰어갔다.

덕분에 나는 대문을 통해 장원 내부를 잠시 살폈다.

이것도 어쩔 수 없었다.

혈첩 생활을 오래 하다 보니 항상 어딜 가더라도 염탐이 몸에 배어 있기 때문이었다.

그리고 항상 도주로를 염두에 두기 때문에 어느 쪽 방향이 도주하기 좋은지 살펴보는 버릇이 있었다.

겉모양도 그렇지만 장원 내부도 일반 장원과 다를 게 하나 없었다.

"저를 따라오시지요."

청년은 나를 안내했다. 장주에게 뭔가 말을 들었는지 처음 대했을 때와는 달리 상당히 정중하게 대하는 느낌을 받았다.

청년이 나를 안내한 곳은 후원의 작은 전각이었다.

"사부님, 손님을 모셔왔습니다."

"알았다."

방안에서 대꾸하고 나온 사내는 중후한 중년 무사의 전형적인 모습이었다.

까칠한 턱수염과 낡은 것 같지만 깨끗한 무복을 입은 중년인은 검을 들고 나왔다.

그는 나를 보며 물었다.

"범빙의 호위로 오신 반 소협이시라고 서찰은 그리 말하는데 맞소?"

"그렇습니다."

장주 강대호는 다른 한 손에 다른 서찰을 내보였다.

"그리고 이것은 흑사문에서 내게 직접 보낸 전서입니다. 여기에는 뭐라고 적혀 있는지 예상할 수 있겠소?"

나는 따로 강대호에게 전달할 전서가 있다면 하나밖에 없다는 생각이 들었다.

"아마도 제가 백랑비마의 제자라는 말이 적혀 있을 것입니다."

강대호의 눈빛이 번쩍하고 빛났다.

그야말로 대호(大虎)의 눈빛이라 할 수 있었다.

"맞소. 백랑비마의 제자라 하면 우리에 대해서도 잘 알고 있을 것이오. 그렇지 않소?"

강대호는 마치 나를 잡아먹을 듯 노려보았다.

나는 고개를 끄덕였다.

"사우회에 대해 알고 있습니다."

강대호가 탄식을 흘렸다.

"흐음! 역시. 하지만 나는 그대가 정말 백랑비마의 제자인지 확인해 볼 수밖에 없소. 그럴 사정이 있으니 이해해 주시게."

그 말을 하더니 대청을 차고 나와 그대로 일격을 가했다.

그것은 마치 원수를 눈앞에 둔 것 같은 일 검이었다.

나는 일부로 천변만환검으로 강대호의 공격에 대응했다.

그래야만 내가 백랑비마의 제자임을 증명할 수 있기 때문이었다.

강대호가 나를 공격하는 이유를 알고 있었다.

나는 곧 영익검을 꺼내 반격을 가했다.

영익검으로 공격을 가하자 강대호의 눈으로 놀란 빛이 스쳐 지나는 것을 보았다.

그리고 훌쩍 뒤로 물러나 탄성을 발했다.

"허어, 도상이 그 친구가 사부보다 더 뛰어난 제자를 남겼구나. 지금 내 공격을 도상이 그 친구는 이렇게 쉽게 막지 못했네."

어느 정도 나를 믿는지 강대호는 살짝 말을 낮췄다.

그가 말을 낮추자 나는 얼른 포권으로 응대했다.

"숙부님께 무례를 저질렀습니다."

강대호가 내 인사를 받더니 대소를 터뜨렸다.

"으하하하하! 숙부라. 천하의 옥소마군에게 숙부라 들으니 그것도 괜찮구나."

강대호는 이미 내 별호까지 알고 있었다.

"백랑비마가 죽었다는 말을 듣고는 믿지 못해 자네를 시험해 보았네. 이해해 주게나."

강대호가 그 부리부리한 눈으로 나를 보며 말했다.

"따라 들어오게. 자네에게 듣고 싶은 말이 많아."

듣고 대답하기를 거의 반 시진 가량이 되어서야 나는 강대호의 질문공세에서 벗어날 수 있었다.

그리고 그 시간 동안 나는 강대호에게 완전한 신임을 얻어내었다.

나는 해원마협 노승환과 조우한 이야기도 하며 강대호와 많은 이야기를 나누었다.

"은사께서는 비급과 검을 은사의 하나 남은 후손에게 넘겨주시라고 했습니다."

"그렇구나."

강대호는 고개를 끄덕이다 말했다.

"한 달 후에 사우회가 모두 모일 것이야. 그때 다시 오면 만날 수 있을 것이네."

나는 난감했다.

"아. 그건 곤란합니다."

"아니 왜?"

"저는 장을 나가는 즉시 나가 혈웅맹으로 가려고 합니다."

"음, 구천맹 인사들을 죽여서?"

"그렇지요. 곧 구천맹은 저에 대한 척살령이 떨어질 것입니다. 그렇게 되면 범 소저나 흑사문에 피해가 갈 수 있습니다."

"그것도 좋은 방법이야. 자네가 구해 주었다는 서류이 있으니 그에게 의탁하면 되겠지."

모든 이야기를 한 후라 강대호는 내 행보를 이해했다.

"전 단지 제 한 몸 의탁하는 것에 그치지 않고 그곳에서 제 야망을 펼칠 생각입니다."

"그런가?"

"서 장로가 절 크게 생각하고 있는 듯했습니다. 그래서 그런데 제가 가서 자리를 잡을 수 있도록 저를 도와주십시오."

나는 뜸을 들이던 말을 비로소 꺼냈다.

처음에는 강대호의 힘을 빌릴 생각이 없었으나 그와 대련을 하고 나서 생각이 바뀌었다.

혈영체의 힘이 아니었으면 그대로 패하고 말았을 것이다.

그 정도의 실력이면 내게 큰 힘이 되어줄 수 있다는 생각이 들었다.

혈웅맹에 들어가도 혈혈단신인지라 서륭만 믿고 지낼 수 없었다.

나를 지지해지고 끝까지 나를 위해 일을 해 줄 수 있는 사람이 필요했다.

나는 거절할 줄 알았는데 고민하는 강대호를 보며 희망을 품었다.

"자넨 어디까지 가려고 하는가?"

나는 강대호처럼 강직하고 패기 있는 사람에게는 큰 야망을 보여줘야 움직일 수 있다고 여겼다.

"전 맹주가 될 것입니다."

"왜 맹주가 되려고 하는가?"

나는 여기서 거짓말이 필요함을 느꼈다.

"은사께서도 원하시던 일이었습니다."

또한, 여기서 나는 진실도 필요함을 깨달았다.

"그리고 최근에 저는 대단한 기연을 얻었기 때문입니다."

강대호에게 혈영체를 얻었다는 것을 빼놓았는데 나는 그가 흑사문에서 온 서찰을 받았다면 그 부분도 분명 언급했을 것으로 생각했다.

그리고 강대호와 대화를 나누면 나눌수록 그와 범척은 특별한 관계임을 느낄 수 있었다.

"전 불사환의 힘을 얻었습니다."

그의 반응을 보니 역시 내가 불사환의 힘이 있다는 사실을 이미 알고 있는 눈치였다.

'역시, 강대호는 범척과 깊은 관계가 있어.'

범척이 불사환을 얻었다는 것을 알릴 정도라면 사우회보다 더 친밀하다고 할 수 있었다.

"역시 그 이야기도 알고 있다. 내가 그 이야기를 어떻게 아는지 궁금해하는 눈치로구나."

"그렇습니다. 범 문주님과 보통 사이는 아니라는 것은 알 것 같습니다."

내 말에 강대호가 씨익 웃었다.

"원래 말을 하지 않으려고 했지만 여기까지 이야기가

나왔으니 하지 않을 수 없군."

　나는 강대호의 다음 말이 궁금해 저절로 고개가 앞으로 쏠렸다.

제 4 장
NEO ORIENTAL FANTASY STORTY
돌아오다

제4장
돌아오다

내가 침을 꿀꺽 삼키자 긴장한 내가 재밌는지 강대호가
싱긋 웃었다.

"흑사문의 문주 범척은 우리 사우회 소속 하태성(河兌
盛)이라네."

"아, 범 문주님이 옥면청마 하태성이라고요?"

"그래."

본래 옥면청마 하태성은 역용과 은신에 뛰어난 고수였
다. 몇 년간 강호에서 활동하지 않아 은거라도 한 줄 알
았다.

나는 그 말을 들으니 어째서 범척의 아내 서원옥이 범척
을 은밀히 조사했는지 알 것 같았다.

'이상했던 거야. 범척을 대신했으니. 거기다 서원옥이 죽었을 때도 이상하게도 범척이 냉정해 보인 것도.'

이제야 뭔가 사건의 앞뒤가 보이기 시작했다.

"전 상상도 못했습니다. 그럼 본래 범척이라는 자는 어떻게 된 것입니까?"

"그는 옥면청마에게 죽었지."

"그럼 동총관은 사우회 사람입니까?"

"그렇지. 그도 우리 사람이다."

동총관이 어려움이 있으면 송옥장을 찾아 도움을 청하라 해서 어느 정도 예상하고 있었다.

그런데 문득 뇌리를 스치는 생각에 소름이 돋았다.

"그럼 범 소저는 범척의 딸이 아니라 옥면청마의 딸이겠군요."

내 말에 강대호가 싱긋 웃었다.

"눈치챘나? 하태성은 자신의 진짜 딸을 찾았지만, 곁에 둘 수 없었지. 혹여 원래 범척의 아내 서원옥이 해코지할까 염려한 것이지. 그리고 의원이 된다고 할 때도 그리 크게 만류하지 않은 것도 흑사문에 관여하는 것을 막기 위해서였지."

어쩐지 내가 서원옥을 죽였을 때도 범척은 범인을 잡으려고 노력하는 모습이 아니었다.

그것은 애정이 식었다기보다 원래 서원옥의 남편이 아

니기에 가능한 일이었다.

서원옥이 정부와 놀아나도 관심조차 두지 않은 것도 모두 이해가 되었다.

"아! 제가 보기에는 범 소저는 이 사실을 모르는 것 같던데."

강대호가 고개를 끄덕였다.

"모르는 게 낫지. 나중에 때가 되면 하태성이 알려줄 것이야. 그러니 자네도 범 소저에게 이런 사실을 먼저 알릴 필요가 없네."

"알겠습니다."

그 안에 또 무슨 사정이 있으리라 짐작해서 그들 부녀지간의 일에 관여하지 않을 생각이었다.

그들의 일은 내 소관이 아니었다.

나는 송옥장에서 한 시진 더 머물다 나왔다.

나올 때 나는 강대호의 긍정적인 답변을 들었다.

"한 달 후, 우리 모임이 있는데 그때 자네 이야기를 해보겠네. 해원마협이 자네에게 신세를 졌다면 모른 척할 수 없지. 그와 이야기를 하고 연락을 주겠네. 만약 그때 자네가 혈웅맹에 있다면 그곳으로 찾아갈 것이고 그렇지 않으면 한 달 후에 자네가 본 장으로 오시게."

나는 강대호의 말을 떠올리며 묵혈교 지부로 걸음을 옮겼다.

내 행로를 정해서 그런지 발걸음이 가벼웠다.

묵혈교 지부에 들어가기도 전에 나를 반기는 것이 있었다.

묵혈교 지부와 백 장이나 떨어져 있는데 백랑이 내 냄새를 맡았는지 달려나왔다.

으르렁!

백랑이 껑충 뛰어 내게 안기려고 했지만, 이제는 내가 안아 들기에는 너무 커버린 백랑이었다.

내가 없는 사이에 어느새 성랑(成狼)이 되어 있었다.

"하하하! 백랑아, 이렇게 크다니. 대체 그동안 무얼 먹은 것이냐!"

계속 내 손을 핥는 백랑의 머리를 쓰다듬으며 말했다.

무언가가 나를 이렇게 반갑게 맞이하는 것이 있다는 것은 참으로 기분이 좋았다.

"네가 있는 것을 보니 모두 안에 있는 가보구나. 들어가자."

내가 걸음을 옮기자 백랑은 내 가랑이와 발 사이를 왔다 갔다하며 반겼다.

백랑은 나를 오래간만에 봐서 그런지 흥분해 있었다.

다 큰 백랑을 보니 나는 선물을 받은 느낌이었다.

묵혈교 지부 정문에 도착하자 그곳에는 낯익은 사람들

이 모여 있었다.

범빙과 유이연, 뇌룡의검 이상선, 화룡 백이염과 함께 묘진홍, 침해월이 자리하고 있었다.

"어? 저게 누구야?"

묘진홍은 나를 발견하고 손가락질을 했다.

그리고 침해월은 오래간만에 보는 나를 향해 살짝 미소를 지어 보였다.

그것은 대단히 발전한 형태의 미소였다.

내가 다가가자 이상선이 나를 향해 포권했다.

"저희가 늦었습니다."

본래 내 예상대로라면 이들은 나보다 적어도 며칠에서 열흘 먼저 도착했어야만 했다.

그런데 나와 비슷한 시간에 도착했다는 것은 이들의 여정이 순탄치 않았다는 것을 증명하는 것이다.

백이염이 나에게 말을 걸 기회를 잡고 있다가 이 말에서 끼어들었다.

"범 소저와 유 소저가 환자가 있으면 그냥 지나치지 못하다 보니 예정보다 많이 늦었습니다."

"백 소저도 다시 뵈니 반갑습니다."

내가 백이염에게 살짝 돌려서 말을 하자 그녀의 목덜미가 살짝 붉어졌다.

하지만 그것은 나만 볼 수 있었다.

"유 소저도 건강한 모습을 보니 참 좋군요."

"저도요."

유이연이 활짝 웃으며 내 인사를 받았다.

"범 소저도 다시 뵈니 정말 좋군요."

"늘 제 곁에서 호위하던 분이 없으니 허전하더라고요."

우리가 인사를 나누자 묘진홍이 손을 허리에 얹고 따지듯 말했다.

"야, 반설응! 넌 오면 우리한테 먼저 인사해야 하는 거 아니냐?"

나는 묘진홍에게 대꾸했다.

"내가 왜?"

"뭐? 왜?"

"오래간만에 봤는데 핏대 세우지 마라. 넌 어떻게 그동안 변한 게 하나도 없어?"

"뭐라고?"

묘진홍이 나에게 따지려고 들자 나는 잽싸게 침해월을 향해 돌아서며 포권으로 인사했다.

"침 소저, 그동안 안녕하셨소?"

"그럼요. 잘 지냈어요. 여기서도 반 소협의 활약을 들을 수 있었습니다. 옥소마군이란 멋진 외호까지 얻으셨더군요. 거기다 얼마 전 화산파 도사들이 있는 곳에서 구천맹 요인을 죽인 활약은 이곳에서도 유명하답니다."

그 말에 이상선과 백이염의 안색이 굳어졌다.

어찌 보면 그들 처지에서 보면 내가 그들의 적이기 때문이었다.

"악 공자는 어떤지요?"

침해월의 얼굴이 미소가 어리는 것을 보면 어떤지 알 수 있었다.

"많이 좋아졌습니다. 그도 반 소협을 보고 싶어했습니다."

"정말 다행입니다."

침해월 같은 여인은 한번 사람을 좋아하면 끝까지 좋아하는 성격이었다.

그런 성격 탓에 고집 세어 보이지만 그것이 그녀를 여류고수로 만들기도 한 원동력이었다.

나는 두루두루 인사를 하고 이상선과 백이염을 보았다.

나는 그들과 헤어질 때가 되었음을 알았다.

"며칠 머물다 가시면 좋겠지만, 여러분 입장이 있으니 권하지 못하겠군요."

내 말에 이상선이 싱긋 웃었다.

"저도 마음 같아서는 이곳에 며칠 묵으며 반 소협과 술을 진창 마시고 싶은데 그러지 못하는 것이 아쉽습니다."

백이염은 잠시 뭔가 생각하는 듯하더니 입을 열었다.

"저와 잠시 이야기를 할 수 있을까요?"

내가 물었다.

"단둘이 말입니까?"

백이염이 고개를 끄덕였다.

백이염의 말에 묘진홍이 제일 먼저 반응했다.

"뭐? 아니 당신이 왜 우리 반설응하고 따로 만나 이야기를 합니까?"

씩씩거리며 말을 하니까 범빙이 그런 묘진홍을 달랬다.

"진홍아, 백 소저와 반 호위가 무학에 대해 논한 것이 있어. 아마 그것 때문에 그런 걸 거야. 그리고 네가 이렇게 화를 낼 것은 아니잖니?"

"내가 화를 왜 못내?"

범빙이 피식 웃었다.

"네가 반 소협의 마누라도 아니고 정혼자도 아닌데 이렇게 화를 내는 것은 좋을 게 없어."

"나와 반설응은 같이 잔 사이란 말이야. 난 화를 낼 자격이 있어."

묘진홍의 입에서 얼떨결에 나온 말이지만 그 말에 중인들은 얼어붙었다.

그러나 누구 하나 그 말을 곧이곧대로 믿는 사람은 없었다.

내가 묘진홍을 어떻게 대하는지 알기 때문이었다.

다만 침해월만이 입을 다물고 있을 뿐이었다.

"참나, 네가 솔직히 반 호위와 같이 잤다고 해도 반 호위가 어쩔 수 없이 그랬을 거야."

"야, 넌 누구 편이야?"

묘진홍이 범빙에게 따지자 범빙이 천연덕스럽게 대꾸했다.

"난 진실의 편이야. 너 솔직히 말해. 그래서 반 호위가 널 건드렸어?"

범빙의 말에 묘진홍이 입을 삐죽거리더니 대답했다.

"아니. 근데 내가 못 건드리게 한 거야. 아마도 그때 날 건드리고 싶어서 미쳐버렸을걸."

나는 그런 묘진홍의 말에 능청을 떨었다.

"고양이와 자는 사람은 없어."

그 말에 조용히 듣고 있던 이상선이 갑자기 대소를 터뜨렸다.

"으하하하하!"

묘진홍이 목젖을 내놓고 웃는 이상선을 향해 쌍심지를 켰다.

"어? 어? 지금 그 웃음은 나를 고양이로 생각하고 있단 뜻이죠?"

이상선은 자신의 속마음을 들키자 잠시 웃음을 멈추고 나서는 키득거렸다.

이상선이 억지로 웃음을 참고 내게 한마디 했다.

"당신의 친구는 정말 매력적인 고양이구료."

"뭐에요? 당신 지금 나랑 한판 뜨겠다는 겁니까!"

묘진홍이 이상선에게 다가가 소리치자 내가 말했다.

"저러다 뇌룡의검 이 대협과 정분이 나겠는걸!"

그 말에 화들짝 놀란 묘진홍이 뒤로 빠지며 중얼거렸다.

"고리타분한 정파의 위선자들과는 그럴 일 없네요."

그런 비아냥거림을 들어도 이상선은 너그러운 미소를 잃지 않았다.

그러면서 그는 내게 슬쩍 눈짓해서 백이염을 데리고 사라지라는 신호를 보냈다.

그리고 그는 묘진홍의 심기를 건드려 계속 이쪽을 신경 쓰지 못하게 했다.

백이염은 거의 일 다경을 침묵하다 입을 열었다.

"이번에 저 설매검을 완성했어요."

나는 대체 백이염이 무슨 말을 꺼낼지 궁금해하다가 첫 마디를 듣고 대경했다.

"오! 그게 정말입니까!"

백이염이 고개를 끄덕였다.

"그렇다면 이제 무림에는 전무후무한 천하제일여류고수가 탄생하는 것입니까?"

"설마 그 정도일까요?"

나는 고개를 끄덕였다.

"충분히 천하제일여류고수가 될 수 있을 겁니다. 백 소저는. 제가 본 여인 중 가장 강해요."

"정말입니까?"

백이염은 정말 내 말이 중요하다는 듯 눈을 반짝거리며 쳐다보는데 순간적으로 나는 백이염의 입술에 내 입술을 갖다 붙일 뻔했다.

한번 그녀와 방사를 치르고 난 후 가깝게 느껴지는 것은 어쩔 수 없었다.

그리고 내 이상형은 묘진홍이 아니라 백이염에 가깝다 보니 더욱더.

하지만 그런 호감도 이제는 버려야 할 때임을 잘 알고 있기에 나는 감정을 자제했다.

"혹시 몽혼사검을 아시나요?"

"알지요. 근데 왜요?"

"여기 오기 전에 객잔에서 시비가 붙어 그와 싸웠습니다."

"정말이오?"

나는 그 말에 턱을 벌리며 백랑처럼 침을 질질 흘릴 뻔했다.

"그와 싸워 이겼다는 것은 정말 설매검의 극의를 본 것이군요."

"완벽하지는 않지만, 사부님이 구상한 검의를 조금이나마 본 것 같아요."

나는 그녀를 위해 웃어줄 수 있었다.

"정말 축하합니다."

내 말에 그녀도 약간은 쓸쓸한 표정으로 대꾸했다.

"이제는 다시 볼 수 없겠죠?"

축하의 말에 대한 대답치곤 엉뚱했지만 나는 그녀의 마음을 이해할 것 같았다.

그녀와 같이 있던 시간은 짧았으나 그 누구보다 깊게 감응한 사이였다.

나뿐 아니라 그녀도 그렇게 느낀 듯했다.

"아마도."

내 말이 좀 냉정하게 들렸나 보다.

백이염이 살짝 실망하는 눈치였다.

'백이염도 어쩔 수 없는 여인이야. 무학을 위해 몸을 섞었지만 그래도 내가 첫 남자 다 보니 신경이 쓰이나 보구나.'

나도 뭔가 아쉬운 마음이 드는데 백이염이라고 다를 리 없을 것이다.

"그렇겠죠. 서로 사는 영역이 다르니."

"그러다 우연히 만날 수도 있지 않겠습니까?"

내 말에 백이염이 처연하게 미소 지었다.

그리고 또박또박 말했다.

"내 인생에서 남자는 반 소협이 처음이자 마지막입니다. 내 무학의 경지를 깨주신 반 소협께 마지막으로 인사를 합니다."

백이염은 정중하게 포권을 하며 허리를 살짝 숙였다.

그녀가 허리를 세우자 내가 말했다.

"제가 하고 싶은 인사는 따로 있는데 해도 될까요?"

백이염은 고개를 끄덕였다.

나는 성큼성큼 걸어서 백이염에게 다가가 그녀를 안았다.

그녀의 심장 고동이 느껴질 정도로 꽉 안았다.

"내 인생에서 백 소저를 잊지 못할 겁니다."

이 말을 하지 말았어야 했나 하는 생각이 순간적으로 들었으나 지금은 내 마음을 그대로 표현하고 싶었다.

나는 오랫동안 그녀를 품에 안고 있다가 놓아주었다.

그리고 매정하게 느끼다시피 할 정도로 돌아서서 돌아왔다.

백이염은 나를 따라오지 않았다.

나는 묘진홍이 살쾡이 같은 눈을 하고 쳐다보는데도 신경 쓰지 않았다.

"백 소저는 저곳에 기다리고 계십니다."

이상선은 유이연을 데리고 그곳을 떠나며 내게 말을 남겼다.

"살면서 꼭 다시 뵙지요."

나는 웃으며 그를 보냈지만, 과연 그런 날이 올까 하는 생각이 들었다.

범빙은 그들을 보내며 아쉬운 듯, 한 참을 서서 그들이 사라질 때까지 바라보았다.

그녀도 그들과 동행하면서 많은 정이 들었을 터였다.

"흥! 가다가 자빠져서 코나 깨져라!"

묘진홍의 살벌한 말에 범빙의 애잔한 감흥이 깨지자 범빙은 그런 묘진홍을 보고 피식 웃었다.

침해월이 어색한 분위를 바꾸려고 말했다.

"자, 그만 들어가자. 가서 차를 마시면서 빙아의 이야기도 들어보자."

침해월이 등을 떠밀다시피 해서 묘진홍을 나와 떼 놓았다.

잘하면 묘진홍이 내 얼굴을 할퀴려고 들 것 같았기 때문이었다.

제 5 장
NEO ORIENTAL FANTASY STORTY
회자정리(會者定離)

제 5 장
회자정리 (會者定離)

쨍그랑!

찻잔이 깨지는 소리가 방안에 울려 퍼졌다.

묘진홍이 찻잔을 깼다면 충분히 이해할 만한 상황이지만 조심성이 많은 범빙이 찻잔을 깼다.

더욱이 내가 한 말을 듣고는 표독스러운 묘진홍 조차 말을 잃고 멍하니 쳐다보았다.

그런데 좋아해야 할지 싫어해야 할지 몰라 하는 눈빛이고 이윽고 범빙의 눈치를 보기까지 했다.

나는 내 말의 반향이 이렇게 클 줄 몰라서 조금 당황스러웠다.

이윽고 범빙이 탁자에 흐른 찻물이 자신의 치맛자락으로

흘러내리는데도 아랑곳하지 않고 입을 열었다.

"정말인가요? 혈웅맹으로 가신다는 게?"

범빙은 아직도 자신이 들은 말이 환청이라고 생각하는지 벌써 두 번째 내게 되묻고 있었다.

"이번에 이곳을 나가면 바로 혈웅맹으로 갈 생각입니다."

이 말도 두 번째 하는 말이었다.

"아, 찻잔을 깨뜨렸네."

그때야 범빙은 자신의 치맛자락이 찻물에 젖은 것을 느낀 듯 중얼거렸다.

그만큼 범빙에게는 내 말이 충격이 큰 듯했다.

난 그것이 의외였다.

내가 언제든 떠날 것을 알고 있던 사람 중 하나인 범빙이 이렇게 놀랄 줄 몰랐다.

내가 이 말을 하면 범빙이 덤덤하게 받아들일 줄 알았다.

"그래도 흑사문까지는 같이 가실 거죠?"

나는 고개를 저었다.

"아닙니다. 현재 구천맹 요인을 죽여서 구천맹에서도 가만히 있지 않을 겁니다. 제가 있으면 오히려 범 소저가 위험하게 됩니다. 그래서 여기서 헤어지는 게 범 소저나 흑사문을 위해서도 좋습니다. 그렇지 않으면 구천맹을 적으로 두게 될 테니까요."

범빙은 내 말을 이해하면서도 인정하지 않으려는 모습이었다.

"그래도."

침해월이 가만히 듣고 있다가 입을 열었다.

"빙아, 반 호위 말이 옳아. 이젠 반 호위는 너만 호위할 수 없는 처지가 되었어. 그리고 그의 입장에서는 혈옹맹이나 그런 큰 세력으로 가야 안전해질 수 있어. 그를 위해서라도 그가 떠나는 걸 이해해."

침해월은 무인이라서 내 말을 이해하지만, 의원인 범빙은 인정하기 쉽지 않은 모양이었다.

"살면서 소녀가 가장 의지할 만한 분이었는데."

범빙의 말에 가슴이 따끔거렸다.

흑사문 문주를 감시하기 위해 잠입했다가 나도 모르게 범빙과 정이 든 것이다.

거기다 범빙이 하태성의 딸이라는 것을 알고 나서는 더욱 정이 갔다.

하지만 여기까지였다.

범빙과 더 엮여 봐야 좋을 것이 없었다.

본래 나는 혈첩생활을 무사히 마치고 조용히 은거해 살고자 했다.

그러나 혈첩이라는 딱지를 떼고 나서는 내 가치관과 인식은 완전히 바뀌었다.

내게는 없다고 생각했던 야망이 혈첩부주 구도기를 죽이면서 들불처럼 일어났다.

그것은 구도기가 우리 가문을 이용하다 버리면서 촉발되었다고 할 수 있었다.

결국, 무림은 마도이든 백도이든 힘이 있어야 생존할 수 있다는 사실을 우리 가문을 통해 느꼈고 나는 그 힘을 마도에서 찾기로 한 것뿐이었다.

무엇보다 옥소마군으로 사는 것이 그리 나쁘지 않았다.

나는 아직도 서운해하는 범빙을 두고 방을 나섰다.

밖에서는 여을이 기다리고 있었다.

여을도 내 소식을 듣고 나온 것이다.

"떠난다는 말을 들었습니다."

"그래."

"소녀가 항상 반 호위님이 건승할 수 있도록 축원하겠습니다."

"고마워. 범 소저와 함께 잘 지내. 범 소저는 여을을 친구처럼 대하니까 너무 거리를 두지 말고."

여을이 고개를 끄덕이는데 그녀의 눈에서 눈물이 방울져 떨어졌다.

여을에게는 의지할 곳 하나 없는 곳에서 따뜻한 시선으로 자신을 돌봐준 사람 중 하나였다.

범빙과 반설웅이 없었다면 살아 있지도 않았을 것이다.

"전 반 호위님이 오라버니라고 생각하고 있었어요."

"고마워. 또 볼 날이 있을 거야."

나는 인사를 하고 나서 묵혈교 지부를 나섰다.

방안에는 범빙, 침해월, 묘진홍이 앉아서 애꿎은 찻잔만 문질렀다.

그러다 찻잔에 새겨진 찻잎 문양이 문드러져 사라질 것 같았다.

묘진홍이 입을 열었다.

"나 반 호위 따라갈래. 혼자서 혈웅맹에 가면 누가 반겨 주겠어. 서 장로가 오라고 했지만 혼자 가서 서 장로를 만나지도 못할 거야. 빙아는 해월이가 데려다 주면 좋겠어."

침해월은 묘진홍의 마음을 누구보다 이해하고 있었다.

그녀가 반 호위만 보면 잡아먹을 듯이 못살게 군 것도 어설픈 연애감정을 숨기기 위한 것임을.

지금까지 묘진홍이 남정네에게 이토록 관심을 기울이는 것을 본 적이 없었다.

범빙은 처연하게 웃으며 대꾸했다.

"응. 따라가. 그리고 그를 잘 보살펴줘. 내가 보기엔 마도에 어울리지 않는 사람이지만 그가 결정을 내렸으니 존중해줘야겠지."

"알았어. 내가 잘 보살필게."

"진홍아, 그는 내게 있어 친구 같았고 오라버니 같았어. 그리고 정말 괜찮은 사람이야. 어쩌면 네가 감당하기 어려울지도 몰라."

여인들끼리만 남게 되자 그녀들은 자신들의 감정을 솔직히 꺼내 놓았다.

묘진홍도 그 말에 시무룩해졌다.

"알아. 그를 알면 알수록 내가 범접하지 못할 사람이라는 것을 깨달아. 그것을 느낄 때마다 굉장히 괴로워. 하지만 포기하지 않을 거야. 내가 살면서 제대로 좋아할 만한 사람을 만났거든."

범빙은 걱정되어 한 마디 덧붙였다.

"그래도 너무 집착하지 마. 그는 그걸 제일 싫어하는 것 같았어. 네가 집착하면 할수록 네게서 멀어질지도 몰라."

"나도 그 정도는 알아. 그냥 곁에서 지켜보고 도와주는 것으로 끝낼게. 나 먼저 일어날게. 빙아를 흑사문까지 데려다 주지 못하는 거 미안해. 지금 안 쫓아가면 놓칠 것 같아."

"응. 빨리 가봐."

묘진홍이 서둘러 방을 나가자 그런 묘진홍을 부러운 듯 바라보았다.

"진홍이는 항상 자신의 감정을 솔직하게 드러내서 좋아."

침해월이 약간 어두운 얼굴로 물었다.

"빙아가 반 호위를 좋아한 것은 아니야?"

범빙이 고개를 저었다.

"아니. 그는 마치 내 가족 같았어. 남자로 느껴지지 않았어. 그래서 내가 더 상실감이 큰가 봐."

침해월이 범빙의 손을 잡고 말했다.

"진홍이가 모처럼 제대로 된 사랑을 해보려고 하는 것 같은데 우리가 이해하자."

침해월의 말에 범빙이 고개를 끄덕였다.

"알지. 하지만 내가 느낀 반 호위는 잡을 수 없는 사람 같은 느낌이었어. 진홍이가 상처 입지 않았으면 좋겠어."

"그건 그 녀석 몫이지. 우리도 떠날 채비를 하자. 이렇게 싱숭생숭할 때는 움직이는 게 좋아."

범빙도 마냥 처량하게 있을 수 없다는 생각에 미소를 지으며 몸을 일으켰다.

나는 혈웅맹이 있는 방향으로 말을 타고 달렸다.

그러다 빠르게 다가오는 말을 보고 고삐를 잡아당겼다.

나를 따라잡은 사람은 묘진홍이었다.

"왜 따라온 거야? 인사는 아까 다 하지 않았어?"

나는 당연히 묘진홍이 범빙과 함께 흑사문으로 돌아갈 것으로 생각해서 물었다.

그런데 그 물음이 묘진홍에게는 매우 자극적인 모양이었다.

"흥! 내가 좋아서 따라왔는지 알아?"

내가 대꾸했다.

"그렇겠지. 왜 왔는데?"

내가 추궁하듯 묻자 묘진홍이 대답했다.

"쳇! 범빙이가 너 혼자 가면 분명 대접도 못 받는다고 혈웅맹의 장로 손녀인 내가 가서 도와줘야 한다고 하도 사정하기에 따라왔어."

나는 그 말도 일리가 있다고 생각했다.

범빙이라면 충분히 묘진홍에게 그런 부탁을 할 성정이었다.

자신보다 항상 타인을 먼저 배려하는 성품이니까.

그리고 묘진홍과 같이 간다면 문전박대는 당하지 않을 것이다.

"좋아. 같이 가자. 하지만 가는 동안 사고 치면 나 혼자 갈 테니까 그리 알아."

나는 묘진홍이 호기심 많은 고양이와 비슷하다는 것을 알기에 단단히 주의를 시켰다.

묘진홍은 내 말에 반박하려고 코를 실룩거렸다.

하지만 코만 몇 번 벌렁거리더니 말을 삼켰다.

내가 정말 한번 말하면 지킨다는 것을 잘 알고 있으니

함부로 대꾸하지 못하는 것이다.

나는 그것을 보며 속으로 웃었다.

묘진홍은 반설응이 애틋하게 반겨줄 것이라고는 기대하지 않았지만 이건 너무 냉담한 반응이 아닌가.

'후우. 그래도 다시 쫓아 보내지 않은 것을 다행이라 여겨야겠지.'

문득 자신이 남자 때문에 한숨을 쉬게 될 것이라고는 생각해 보지 않았던 묘진홍은 실소를 짓고 말았다.

혈웅맹은 감숙 기련산(祁連山)에 자리 잡고 있는데 수천 리나 뻗은 산맥 중 아미금산(阿媚金山) 산맥에 걸쳐 있었다.

이 산맥은 금광이 유명했는데 특히 아미금산 산맥에서 나는 금은 최고의 순도를 자랑했다.

그 바람에 혈웅맹은 몇 개의 금광을 소유하고 있었고 이 재력 때문에 이마이교 중 가장 큰 성세를 자랑했고 자금력이나 세력으로도 구천맹에 전혀 꿀리지 않았다.

아마도 이런 이유여서일 것이다.

이권이 개입된 장로와 지휘부가 많아 오래전부터 내분이 잦았다.

지지하는 상단과 전장이 다르고 세력도 다르다 보니 번번이 같은 맹 내에서도 알력이 일어났다.

그것이 결국 곪아 터지면서 현 상황에 이르렀다.

혈웅맹은 실세를 장악한 부맹주파와 장로파로 나뉘며 내분은 극에 달했다.

사실 나는 바로 이점 때문에 혈웅맹을 선택한 것이다.

백마교나 묵혈교의 제안을 고려하지 않은 이유다.

난세에 영웅이 나듯이 혼란이 있어야 내가 활약을 할 여지가 있고 두각을 나타낼 수 있는 법이었다.

이미 체계가 잡힌 곳에서 튀다가는 정을 맞기 십상이었다.

나는 말을 세워 나무에 매어 놓자 묘진홍이 의아한 얼굴로 물었다.

"벌써 쉬는 거야? 말을 달린 지 반 시진도 안됐잖아. 그냥 가지? 여기서 반 시진만 더 가면 마을이 나와 거기 객잔에서 쉬면 돼."

나는 나무둥치에 몸을 기대며 대꾸했다.

"백랑 기다리고 있어. 백랑이 이번에는 왜 늦는지 모르겠네."

"어? 그러고 보니 백랑이 안 보이네. 이 녀석 우리보다 빨리 달리더니."

백랑은 타고난 것이 있는지, 말로 달리는 우리와 크게 뒤떨어지지 않았다.

특히 숲에서는 자기 세상이었다.

나는 백랑을 위해 한 시진 이상을 말 달리지 않았다.

좀 백랑이 뒤 쳐졌다 해도 좀 기다리면 냄새를 맡고 따라왔기 때문에 백랑이 늦는다고 걱정하지 않았다.

중간에 백랑은 먹잇감이 있으면 사냥을 해서 시간을 지체했다. 처음에는 그걸 모르고 걱정을 하곤 했다.

백랑은 처음으로 야생에 나온 상태라 사냥본능을 마음껏 발휘하고 있었다.

"야!"

묘진홍은 아직도 내게 심통을 부렸다.

기분을 좋을 때 하는 반 호위라는 말을 오는 내내 들어보지 못했다.

"야! 왜 대답을 안 해!"

내가 대답을 하지 않자 묘진홍이 내게 와서 내려다보았다.

"너 대답 안 할 거야?"

나는 묘진홍을 올려다보며 말했다.

"여기에 야라는 사람은 없는 것 같은데."

"어쭈. 이 누님에게 이름을 듣고 싶다 그거지."

나는 실소가 나왔다. 묘진홍은 혈웅맹에 가까워질수록 점점 자신감이 생기는지 표독스러워졌다.

나는 이러다가는 묘진홍이 기괴한 성품으로 변할까 걱정

되었다.

그래서 진심을 담아 말했다.

"진홍아."

내가 부드럽게 이름을 부르자 묘진홍이 움찔했다.

"여기 앉아봐."

"내가 앉으라고 하면 못 앉을까 봐?"

여전히 불퉁거리며 내 옆에 앉았다.

"내가 혈웅맹에 가면 내 야망을 펼치기 위해 많은 사람
과 척을 지기도 할 것이고 싸우게 될 거야."

"야망? 무슨 야망."

나는 묘진홍을 직시하며 말했다.

"난 혈웅맹 맹주가 될 거야."

묘진홍이 내 말을 듣고 한바탕 크게 비웃을 줄 알았는데
오히려 심각한 표정을 지었다.

"너 지금 그 말이 무슨 뜻인지 알아?"

"알아."

묘진홍이 지금까지 볼 수 없었던 심각한 표정으로 말
했다.

"네가 혈웅맹 맹주가 되겠다는 것은 혈웅맹의 모든 고
수를 적으로 돌리겠다는 뜻이야. 혈웅맹에 한가락 하는 사
람치고 맹주가 되겠다는 야심이 없는 사람이 있는지 알
아? 우리 할아버지조차 맹주가 되겠다고 생각하는데."

나는 고개를 끄덕이며 대꾸했다.

"그래서 이제부터 난 진홍이의 도움이 절실해질 거야. 날 도와줄 수 있지?"

묘진홍은 내 눈을 바라보다가 끄덕거렸다.

"걱정하지 마. 내가 누구야. 혈웅맹 수석장로의 손녀야. 비록 정실 쪽은 아니지만. 그래도 힘이 있다고."

"그래 고마워. 그러니 이제부터라도 진홍이가 나를 무시하는 듯한 말을 하면 혈웅맹 사람들이 나를 존중하겠어?"

"그러니까 네 말은 호칭을 제대로 부르란 거야?"

"그렇지. 최소 야라고는 하지 말아야지. 대신 우리 둘만 있을 때는 그래도 돼."

나는 살짝 여유를 두고 묘진홍을 구슬렸다.

"음. 알았어. 듣고보니 네 말이 옳아. 야라고 하면 혈웅맹 사람들이 널 무시할 거야. 그런데 정말 맹주가 되고 싶어?"

난 묘진홍이 그 말에 날 비웃지 않는 것이 이상했다.

"내가 맹주가 되겠다고 하면 조롱할 줄 알았는데."

"내가 왜? 난 최소한 남자가 자신의 마음속 야망을 말할 때 조롱하는 여자는 아니야. 그건 그 사람을 존중하는 것이 아니거든. 어디까지나 내가 조롱하는 것은 그 사람이 웃고 넘길 정도의 것만 해."

그런 묘진홍을 칭찬했다.

"역시 넌 내가 의지할 만한 친구야."

내 말에 묘진홍은 기분 좋은 미소를 흘렸다.

이럴 때 보면 묘진홍은 말 잘 듣는 귀여운 고양이였다.

"크르릉!"

멀리서 백랑이 뛰어오며 나와 묘진홍의 사이로 뛰어들었다.

워낙에 묘진홍이 나를 못살게 굴다 보니 백랑이 묘진홍을 막아선 것이다.

"늦었구나. 사냥한 것이냐?"

내가 백랑의 목을 안고 마구 간질이자 백랑이 까르릉 거리며 좋아했다.

그러다 백랑이 입을 벌려 내게 무언가를 떨어뜨렸다.

피에 젖은 옷자락이었다.

백랑은 피에 젖은 옷자락 주인 때문에 늦은 것 같았다.

그리고 나를 향해 계속해서 한 방향으로 고개를 저었다.

"백랑이 이러는 것을 보면 무슨 일이 있는 것 같아. 가봐야겠어."

다른 때 같았으면 묘진홍이 쓸데없는 일에 신경 쓴다고 타박을 했을 테지만 내가 묘진홍에게 말한 것 때문인지 아무 말 하지 않고 내 뒤를 따랐다.

백랑을 따라간 곳은 나무가 우거진 숲이었다.

숲에 들어서자마자 나는 숲에서 흘러나오는 살기와 비명에 심상치 않은 싸움이 벌어지고 있다는 것을 깨달았다.

우선 살기의 강도가 남달랐다.

'이 정도 살기를 뿜어내려면 일류고수 이상이어야 해. 혹시 이곳이 혈웅맹 영역이다 보니 혈웅맹과 관련 있지 않을까?'

나는 그 생각을 하며 싸움이 벌어진 곳을 향해 다가갔다.

묘진홍도 혈웅맹 무사들이 싸운다고 생각해서인지 발걸음이 빨라졌다.

그러다 곧 나무 사이로 격전을 벌이는 모습을 보고 묘진홍이 뛰쳐나가려는 것을 잡았다.

"진홍아. 잠깐. 무턱대고 나가는 것은 좋은 생각이 아닌 것 같다. 우선 싸우는 자들이 누구인지 살펴보는 게 좋겠어."

"누구겠어? 혈웅맹 영역에서 이런 싸움을 벌이면 당연히 혈웅맹 무사들 아니겠어?"

"만약 아니면?"

내 말에 묘진홍이 대답을 하지 못했다.

"만약에 아니면 골치 아플 수도 있어. 우선 나무 위로 올라가 상황을 살펴보자."

내가 나무 위로 훌쩍 올라가자 묘진홍도 할 수 없이 따라 올라왔다.

백랑은 할 수 없이 나무 위를 쳐다보며 엉덩이를 바닥에 붙였다.

나는 수십 명이 엉켜 싸우는 것을 보며 의아함을 감추지 못했다.

정말 생각지도 못한 사람을 본 까닭이다.

'저자가 여긴 왜 와서 싸움을 벌이지?'

더욱 이상한 것은 내가 아는 자와 싸우는 자들은 혈웅맹의 무사들이 아니었다.

"네 말을 듣기 잘했어. 혈웅맹 무사들이 아니야. 그런데 개방의 고수들이 누구랑 싸우는 거야?"

나도 그게 궁금했다.

혈첩이기에 제법 많은 정보를 가지고 있지만, 저들이 입고 있는 옷의 문양이 어느 문파를 뜻하는지 알지 못했다.

그리고 개방의 고수들은 일전에 흑사문을 감시하던 이들이었다.

고기를 좋아해서 개미까지 잡아먹는다는 부의개 표은과 내게 혼쭐이 났던 중년 거지들이었다.

그리고 그들 말고도 상당수의 개방 거지들이 있는데 스무 명가량이 이미 싸늘한 주검이 되어 있었다.

부의개 표은과 상당한 고수인 중년 거지들을 몰아붙이

는 자들은 살벌하기 이를 데 없는 살초로 무장한 무사들이
었다.

"누군지 알아?"

묘진홍도 고개를 흔들었다.

"혈웅맹 무사들이 아니야."

"혈웅맹의 비밀스러운 무사들은 아니고?"

"있다고 해도 저런 옷은 안 입어."

묘진홍이 말했다시피 그들이 입고 있는 무복은 상당히
색달랐다.

이 지역의 복색이 아닌 것을 확연히 알 정도로 의복이
생소한 형태였다.

"우선 개방의 고수들을 살려야 저들이 누구인지 알 수
있을 것 같군."

묘진홍은 나를 의아하다는 듯 쳐다보았다.

"뭐하러 위험을 감수해?"

묘진홍의 말에 내가 아직도 구천맹의 혈첩이라는 굴레
를 벗어던지지 못했다는 것을 깨닫고는 쓴웃음을 지었다.

묘진홍은 마도의 인물이라 개방의 고수들을 도울 이유
가 없었다.

오히려 죽으면 좋은 것이다.

'난 아직도 자각이 부족하구나. 표은을 도와야 한다고
생각했으니까.'

그리고 나는 아직도 표은을 돕고 싶다는 생각을 하고 있었다.

그래서 그를 도울 핑계를 하나 찾았다.

"일전에 내가 범 소저의 호위로 있을 적에 잠깐 마주친 적이 있어. 그들과 우리가 동색은 아니지만 그래도 정체도 모르는 자들에게 죽는 것은 별로 기분이 좋지 않군."

내가 나무에서 뛰어내리며 말했다.

"참나, 누가 옥소마군이 아니랄까 봐."

묘진홍이 보기에는 반설응은 은근히 협객기질이 있었다.

그런데 묘진홍은 그게 별로 눈에 거슬리지 않았다.

아니 오히려 그것이 반설응의 매력이라고 생각했다.

거기다 마군이라는 불리는 것도 제법 멋있었다.

제 6 장
NEO ORIENTAL FANTASY STORTY
혈웅맹(血雄盟)으로

부의개 표은은 자신의 호위로 나섰던 가족과 같았던 호법 중 두 명이 죽자 더 이상 살기를 포기하고 싸웠다.

"이 개 같은 놈들아! 오늘 개새끼가 어떻게 맞아 죽는지 한 번 맞아 보아라!"

표은은 걸쭉한 욕을 퍼붓고는 봉을 휘둘렀다.

그리고는 한 달 전 자신에게 내려온 명령을 떠올렸다.

옥문관을 통해서 들어온 마도 세력을 감시하라는 명이었다.

현재 옥문관 너머 변황무림을 차지하고 있는 자는 오의삼(吳倚杉)으로 삼십 년 전 무림에 혈풍을 일으켰던 집단 패천궁(覇天宮)의 우두머리였다.

삼십 여년이 지난 지금은 그 성세가 패천궁이 무림을 혈풍으로 몰아넣었던 시기로 회복되었다.

그래서 감숙의 개방도들이 옥문관에서 나온 그들을 포착하고 감시했다.

그러던 중 흑사문 감시령이 해제되어 표은은 유람이나 한답시고 사천까지 들어왔다가 패천궁 무리의 감시 임무를 맡아 울며 겨자 먹기 식으로 감숙까지 들어 온 것이다.

그런데 이들이 자신들의 행적을 감출 요량으로 이곳으로 감시하는 개방도들을 유인한 다음 공격한 것이다.

부의개 표은 정도의 고수라면 패천궁 고수들이 강하다 해도 충분히 격퇴할 수 있는 실력자였다.

하지만 단 한 사람 때문에 그러지 못하고 오히려 죽음을 목전에 두고 있었다.

패천궁 장로 파려검(玻瓈劍) 보죽(普竹) 때문이었다.

절륜한 공력 때문에 환갑의 나이에 사십 대 중년인으로 보이는 절정의 검수였다.

파려검은 유리처럼 검이 깨진다고 해서 붙은 별호로 지금까지 단 한 번도 패하지 않은 무적의 검객으로도 이름 높았다.

이런 절정의 검객을 맞이했으니 개방 방주의 직계 제자인 표은도 감당할 수 없었다.

표은의 봉이 현란하게 움직이며 개방에서 자랑하는 타구봉법이 펼쳐졌지만 파려검 보죽의 검을 막을 수는 없었다.

보죽의 검이 표은의 가슴으로 내리꽂히는데 그 사이를 표은을 호위하던 중년 거지가 파고들었다.

푸욱!

파육음이 들리며 중년 거지가 표은을 향해 씨익 웃으며 죽어갔다.

"거지발싸개 같은 놈아! 사타구니가 물러서 고환도 썩을 놈아!"

다른 사람이라면 표은의 욕에 발끈할 테지만 그런 욕은 파려검 보죽에게는 농 짓거리밖에 되지 않았다.

파려검 보죽이 다시 검을 회수해서 표은을 겨냥하자 표은은 타구봉을 들고 달려들 태세였다.

"죽어도 네놈을 고자로 만들고 죽겠다!"

표은이 막 달려들려고 하자 파려검 보죽은 대꾸조차 않고 피식 웃었다.

하지만 그때 그의 눈동자가 표은을 보고 있지 않고 슬그머니 우측으로 돌았다.

누군가 천천히 전장으로 걸어들어왔기 때문이었다.

약간 건들거리는 걸음이 특히 시선을 끌었다.

파려검 보죽은 표은에게 신경을 완전히 끊었다.

아니, 표은에게 신경을 기울일 수 없다고 하는 것이 더 정확한 표현일 것이다.

자신을 향해 다가오는 자에게 이십여 년 만에 처음으로 압박감을 느끼고 있었다.

'이 느낌은 대체 뭐지?'

파려검 보죽은 자신이 긴장하는 이유를 알 수 없었다.

상대는 대단한 기세를 흘리는 것도 아니고 고수의 기도도 보이지 않지만, 자신의 모든 신경이 팽팽하게 당겨지며 수축하고 있었다.

그러다 보니 항상 적을 맞아 먼저 선봉에 서던 자신이 수하들에게 명령을 내리고 있었다.

수하들도 그런 대장을 의아한 듯 쳐다보다 움직였다.

표은은 나를 알아보았다.

그리고 내가 옥소마군이란 별호를 얻으며 승승장구하는 것도 아는 듯했다.

"이봐! 자네가 아무리 옥소마군이라 해도 놈은 너무 강해!"

하지만 나는 그 말을 무시하고 나를 향해 달려드는 불나방을 향해 불꽃을 피웠다.

번쩍이는 불꽃 같은 섬광.

천변만환섬을 아낌없이 선사했다.

공격하던 자세 그대로 풀썩 쓰러지며 무사들이 쓰러졌다.

예전의 나는 정파인이라는 의식이 남아 있어 항상 손 속에 사정을 두어 가능한 한 살려 두려고 노력했다.

그러나 이제 나는 마도인이었다.

손 속에 사정을 두고서는 진정한 마도인이라고 할 수 없었다.

특히 나를 향해 검을 겨누는 자를 살려둬서는 혈웅맹에서 살아남지 못할 것이다.

'이제부터 나는 생각을 고쳐먹어야 할 거야.'

옥소에서 희미한 음이 하나 울릴 때마다 나를 공격하던 놈들의 머리통이 깨져나갔다.

퍼억!

허공으로 뇌수를 쏟으며 죽는 놈들을 보면서 안타까운 마음이 들지 않았다.

백도가 가문을 버리고 나를 버렸을 때 나도 백도를 버렸다.

그것이 온당한 세상 이치가 아닌가 말이다.

후웅! 후웅!

내가 구중에 묻은 피를 털고자 휘두르자 구중이 울음을 토해내었다.

순식간에 내가 수하들을 해치우자 파려검 보죽이 입을 열었다.

"나는 보죽이다. 너는 누구냐?"

"나는 반설웅이다. 너는 어디서 왔느냐?"

내가 똑같이 되묻자 파려검 보죽의 미간이 꿈틀거렸다.

내 질문에 표은이 대답했다.

"저자는 패천궁의 장로 파려검 보죽이야."

"변황에 있어야 하는 자가 여긴 왜 있는 것이지?"

"그건……."

표은은 대답을 주저했다.

"목숨을 살려준 은인에게도 감추겠다는 말인가?"

"그게 아니라 그건 비밀에 해당하는 것이라서."

표은이 어물쩍거리자 보죽이 대꾸했다.

"혈웅맹 부맹주파와 연합하기 위해 왔다. 그런 너는 어디 소속이냐?"

보죽이 묻지도 않은 말을 한 이유가 혹시라도 반설웅이 부맹주 쪽 사람이 아닐까 하는 기대 때문이었다.

만약 그렇다면 굳이 껄끄러운 싸움을 하지 않아도 될 터였다.

그만큼 보죽은 반설웅과 싸우기 싫었다.

"시원시원해서 좋군. 대신에 한 번에 죽여줄게."

보죽의 얼굴이 일그러졌다.

그 순간 보죽은 다른 방법이 없음을 알고 선공을 취했다.

이것도 지금까지 보죽에게는 한 번도 없었던 일이었다.

현란함이 극에 달하면 초식이 하나의 유리알처럼 반짝거리기도 하는 법이다.

파려검이란 바로 그것을 두고 일컫는 것인데 보죽은 자신의 무공을 극쾌의 반열에 올려놓았다.

하지만 그것은 혈영체를 가진 자에게는 조금 **빠른** 느림과 같았다.

"**빠르긴** 한데 느리군."

내가 중얼거리자 표은은 별 미친놈 다 본다는 듯한 눈빛을 내게 보냈다.

표은은 그 극쾌의 검에 속수무책으로 당한 것이다.

'지가 아무리 대단한 고수라 해도 저런 극쾌를 보고 느리다고 하다니. 자신이 없으면 없다고 할 것이지.'

표은은 속으로 반설응을 비웃었지만, 그 비웃음은 곧 턱관절이 벌어지는 반동력을 주었다.

파려검 보죽의 화려하다 못해 아름다운 섬광에 대항해서 나는 천변만환섬을 선보였다.

쇄쇄쇄쇄쇄!

뇌성과 벼락은 같은 곳에서 출발해도 뇌성은 뒤늦게 도착하는 법이었다.

내가 검법을 펼치면 소리는 한참 후에 흘러나왔다.

파려검 보죽이 초식을 펼치면 섬광과 소리가 동시에 흘러나오는 것과는 대조적이었다.

그래서 언뜻 보면 파려검 보죽의 무공이 더 위력적으로 보인다.

하지만 그 차이를 아는 고수는 바로 천변만환섬이 얼마나 빠른지 아는 것이다.

"이게 바로 극쾌라고 하는 것이다!"

이미 변화가 끝난 파려검 보죽의 검은 허공에 멈춰 섰고 내 검은 아직 변화가 끝나지 않았다.

그리고 끝나지 않은 변화에 파려검 보죽의 요혈이 들어 있었다.

보죽은 빛이 자신의 몸을 통과하는 것 같은 환상을 보았다.

고통에 일그러져야 할 보죽의 표정은 환하게 웃고 있었다.

"보았다! 내가 이루고자 했던 경지를!"

보죽은 영익검을 회수하는 나를 보며 물었다.

"어떻게 이렇게 빠를 수 있지?"

나는 일부러 그에게 영익검으로 극쾌를 보여주었다.

그것이 쾌검수에 대한 나의 마지막 배려였다.

"간단히 말하기에는 어려워."

내 말에 보죽은 히죽 웃으며 죽음을 맞이했다.

이런 빠른 쾌검이 한마디로 정의 내릴 수 있다면 실망했을 듯한 표정으로.

나는 얼빠진 얼굴로 나를 쳐다보는 표은에게 물었다.

"아까 이자들이 패천궁 소속이고 혈웅맹 부맹주파를 지지하기 위해 옥문관을 넘었다고 하는데 정말인가?"

이 문제는 내게 아주 중요했다.

부맹주파가 권력을 쟁취하기 위해 외부의 힘을 끌어들이고 있다는 증거이기 때문이었다.

"파려검이 거짓말한 것 같지 않아. 우리가 알아낸 정보도 그러했으니까."

만약 패천궁이 부맹주파를 지원한다면 장로파가 위태로울 수 있었다.

패천궁은 그동안 힘을 비축해서 예전의 성세를 되찾았으니까.

내게도 패천궁에 대한 약간의 정보가 있어 그들의 힘을 파악하고 있었다.

나는 표은에게 물었다.

"그럼 한 가지만 정직하게 대답해줬으면 하네. 이 자는 혈웅맹으로 가는 중이었나? 아니면 혈웅맹에서 나온 것을 추적 중이었나?"

이 문제는 내게 아주 중요했다.

내 질문에 표은이 되물었다.

"그걸 내게 왜 묻지?"

여전히 질문에 대답하지 않고 말을 빙빙 돌리는 표은에게 나는 짜증이 일었다.

"이 봐! 내가 사정 안 보고 무조건 너를 구하고 봤듯이 너도 좀 그러면 안 되나? 어려운 질문도 아니지 않나?"

내 말에 표은이 찔끔하는 표정이었다.

"그대 말대로 내 생명의 은인인데 내가 너무 경계한 것 같네. 사과하지. 그리고 그대의 질문에 대답하면 이들은 들어올 때부터 본방이 추적했네. 그리고 이들이 혈웅맹의 인사와 접촉하는 것을 보았네."

하긴 이들이 혈웅맹으로 직접 들어가면 서룡이 가만히 있을 위안이 아니었다.

"질문에 답이 되었나?"

나는 고개를 끄덕이고 돌아섰다. 다소 매정하게 보일 행동이었으나 이제 더는 이들에게 물을 게 없었다.

"누굴 만났는지 궁금하지 않아?"

나는 피식 웃었다.

"당연히 부맹주파 사람 중 하나였겠지."

당연한 것을 말해준다 싶어 나는 표은이 싱거운 놈이라고 생각했다.

"아니, 아주 의외의 인물이었네."

나는 다시 등을 돌렸다.

"궁금하군. 그가 누구지."

"그럼 아까 하던 질문을 하지. 왜 이런 사실을 알려고 하지?"

확실히 정보를 취급하는 개방다운 처세였다.

내게서 정보 하나라도 캐내려고 노력하고 있었다.

내가 잠시 대답을 하지 않자 표은이 입을 열었다.

"우리 서로 대답을 하나씩 해주는 것으로 하지. 내 대답이 더 귀할 것이네."

"하여간 개를 잡아먹듯 집요하군. 나는 혈웅맹에 입맹할 것이네. 그래서 내게는 중요한 정보지."

표은은 잠깐 말을 잃고 나를 쳐다보기만 했다.

"범 소저의 호위로 있는 것이 좋아 보였는데."

표은은 묘진홍을 의식해서인지 전음으로 내게 말했다.

-내 말이 그대에게 도움이 될지 모르겠군. 파려검 보죽이 만난 이는 암혈전 전주 좌종(坐鐘)이었네.

나는 너무나 의외의 이름을 듣고 속으로 놀랐다.

'암혈전 전주 좌종은 서류의 사람일 텐데. 어째서 파려검 보죽을 만난 것이지?'

하지만 이것을 표은에게 드러내놓을 수 없어 고개만 끄덕였다.

"고맙군. 말해줘서. 이곳은 자네가 처리하게."

119

"개인적으로 하나 물어봐도 되나?"

"뭔가?"

내가 고개를 끄덕이자 표은이 물었다.

"왜 혈웅맹에 입맹하는 거지?"

나는 싱긋 웃었다.

"바보 같은 질문이군. 자네는 왜 개방의 제자가 되었
나?"

표은은 역시 그래도 뛰어난 자였다. 이 말 한마디로 내
의중을 어느 정도 간파한 것 같았다.

"그렇군."

생각하기에 따라서 달라지는 대답이었다.

나는 표은과 말을 섞지 않고 돌아서서 혈웅맹으로 향했
다.

묘진홍은 우리가 중요한 대화는 전음으로 한 것을 눈치
채고 물었다.

"그가 뭐라 그랬어?"

"패천궁 무사들을 추적하다가 싸우게 되었나 봐. 그들
이 왜 옥문관을 넘었는지도 잘 알 수 없고."

묘진홍은 그 말을 전적으로 믿을 수 없었으나 집요하게
캐고 싶지 않았다.

표은은 사라지는 반설웅을 연인을 보내는 사람처럼 하

염없이 바라보고 있었다.

유일하게 살아남은 호위 하나가 물었다.

"그러니까 그가 혈옹맹에 입맹하려는 이유가 무엇입니까?"

"들었지 않나?"

"들었긴 했는데 무슨 뜻인지 모르겠습니다."

표은은 비로소 시선을 돌렸다.

"그냥 놀고먹고 싶은 가 보지."

그렇게 말하고 속으로 중얼거렸다.

'흠, 맹주가 되려고 하다니. 꿈도 크군. 하지만 이상하게 그가 혈옹맹 맹주가 될 것도 같다는 생각이 들어. 어째서 그런 느낌이 들까?'

표은이 생각해도 이상했다.

보죽을 죽인 것으로 그럴 생각을 할 수도 있지만, 그의 무력은 혈옹맹 안에서도 그리 특별한 것은 아닐 터였다.

혈옹맹의 장로들만 해도 그와 비슷한 수준일 테니까.

십 년 후라면 모를까 그의 무력이 독보적이라고 할 수도 없었다.

그런데 표은은 그 힘을 꺾을 수 있는 자가 또 얼마나 될지 궁금하기도 했다.

'그에게는 뭔가 특별함이 있어. 근데 그게 뭔지 모르겠어.'

표은은 옥소마군의 위대한 장도를 위해 포권으로 인사
했다.

그것이 자신의 생명을 구해준 은인에 대한 예의였다.

"이곳이 위대한 혈웅맹이야."

묘진홍은 혈웅맹 안으로 들어와서는 자랑스럽게 말했
다.

성의 돌담에 비견될 정도로 높은 담장 때문에 내부를 볼
수 없었는데 혈웅맹 안으로 들어와 본 규모는 놀라울 정도
였다.

정교하게 구획으로 나뉜 각각의 건축물은 나름 오행의
규칙으로 세워져 있었다.

동서남북을 중심으로 고루거각이 즐비하게 늘어서 있고
그 중심부는 거대한 연무장을 비롯해 다시 둥글게 전각들
이 들어섰다.

혈웅맹은 다른 세력과는 달리 맹주의 거처가 바로 혈웅
맹의 중심부에 자리 잡고 있었다.

보통 한적하고 은밀한 곳에 맹주의 거처를 정하기 마련
인데 혈웅맹은 그것이 달랐다.

나는 이미 일찍이 이마이교의 내부 조감도는 수없이 보
았기 때문에 전각만 보고도 그곳이 어떤 곳인지 알 수 있
었다.

하지만 한낱 종이로 본 조감도는 실제로는 보는 것과 달랐다.

'이 정도면 구천맹보다 더 큰 규모잖아.'

오랫동안 감숙의 패주로 군림하면서 그 금력을 흡수해서 만든 곳이다 보니 다른 세력과는 견줄 수 없을 정도로 거대했다.

"정말 상상 이상이군."

나는 절로 탄성이 나왔다.

그 말에 묘진홍이 어깨를 으쓱하며 대꾸했다.

"나중에 더 놀랄 거야."

내가 물었다.

"그런데 우린 어디로 가는 거지?"

나는 묘진홍이 남쪽으로 쭈욱 뻗은 돌길을 걷기에 물었다.

물론 나는 그곳이 어디인지 알고 있었다.

혈웅맹의 조직은 오원육전칠각(五院六殿七閣)으로 이루어져 있었다.

실로 방대하기 이를 데 없는 조직이었다.

그래서 구천맹은 이런 방대한 조직 탓에 혈웅맹이 내홍을 겪고 있다고 여겼다.

그리고 그 진단은 어느 정도 맞는다고 할 수 있었다.

오원(五院)은 맹주의 거처인 중주원(中主院)을 비롯해

원로원(元老院), 장로원(長老院), 계율원(戒律院), 혈죽원(血竹院)으로 나뉘는데 실제로 이들 오원의 주인들이 혈웅맹의 실세라고 할 수 있었다.

다른 이마이교처럼 맹주나 교주가 맹이나 교의 모든 권한을 가지고 있는 것이 아니라 이들 오원이 권력을 나눠 가지기 때문에 혈웅맹의 맹주는 이들 오원기구의 의사결정을 위한 도장 같은 존재였다.

그러다 보니 당금의 혈웅맹 맹주 육극도 계율원 원주인 부맹주 고학과 장로원의 실세인 서륭, 묘군혁에 비해 힘이 달리는 것이다.

오원이 추대해서 맹주가 되는 구조라서 맹주가 오원을 무시할 수 없는 것은 당연했다.

묘진홍이 가는 방향은 혈웅맹의 장로원이 있는 곳이었다.

"대단하군. 곳곳에 연무장이 있고 그 연무장에는 항상 수련하는 무사들이 있고."

내가 놀라는 것은 움직임만 봐도 그 무사들 수준을 알 수 있는데 그 수 많은 무사가 하나같이 뛰어난 실력을 갖추고 있다는 것이었다.

"혈웅맹이 이마이교를 통합해서 무림과 전쟁을 일으켜도 지지 않을 것이라는 평가가 있는데 그 평가가 절대 틀리지는 않는구나."

막상 직접 보는 것과 확실히 다른 것이다.

그래서 탁상공론하는 것이 얼마나 위험한지 알 수 있었다.

만약 그것을 모르고 탁상공론으로 마도척결을 한다고 하면 커다란 오판을 하는 것이다.

나는 장로원으로 가며 한 전각을 지나쳤다.

나는 그곳을 보고 참으로 감회가 깊었다.

그곳의 편액이 무엇을 하는 곳인지 알려주고 있었다.

암혈전(暗血殿)이라 쓰여 있는데 암혈전은 흑오의 근거가 되는 곳이었다.

암혈각이라고 알려진 곳은 흑오와 무영을 담당하는 곳이고 암혈전은 흑오뿐 아니라 무림정세 및 각종 정보를 담당하는 부서였다. 그 암혈전의 전주는 좌종이었다.

주변을 훑어보며 걷는데 묘진홍이 말했다.

"반 소협, 너무 두리번거리지 마. 촌티나니까."

나는 그녀의 말에 이질감을 느꼈다. 그리고 그 이질감이 무엇인지 깨달았다.

"반 소협이라니. 네 입에서 그런 정중한 말이 나올 줄 몰랐는걸." 묘진홍은 앞을 보면서 말했다.

"이제부터는 야라고 하지 않을 거야. 네 말대로 그렇게 부르다가는 이곳에서 무시당하고 무사들에게 존중받기 힘들어. 너도 다른 사람이 있으면 내 이름을 함부로 부르지 마."

"알겠소. 묘 소저."

"둘이 있을 땐 이름 부르고. 명심해. 이곳은 악당과 마두들이 많은 곳이야. 처신에 신중해야 해. 그렇지 않으면 쥐도 새도 모르게 죽을 수 있어. 그리고 내가 네게 권하고 싶은 것은 할아버지 밑으로 들어가는 거야. 그래도 할아버지 힘이 아직도 이곳에서 괜찮은 편이거든."

나는 묘진홍이 혈웅맹의 세력 판도에 대해 설명하는 것을 하나도 놓치지 않고 들었다.

조심해야 할 세력과 서류의 세력이 어디까지 인지 아는 것만 해도 큰 공부가 되었다.

확실히 묘진홍은 밖에 있을 때와 혈웅맹 안에 있을 때 그 몸가짐이 달랐다.

그것은 혈웅맹이 얼마나 위험한 곳인지를 알기 때문이었다.

가끔 지나가던 무사가 묘진홍을 알아보고 인사하면 품위 있게 받아주었다.

사실 외형만 보면 이곳이 구천맹과 크게 달라 보이지 않았다.

하지만 혈웅맹은 마도의 본거지였다.

곧 그 마도의 내면을 보게 될 것이고 나도 마도인으로 살아야 할 것이다.

그것이 힘들다 해도 나는 내 뜻을 관철하고 말리라.

'혈영체를 얻고 나서는 나는 힘을 쓰고 이용하는데 전

혀 거리낌이 없어. 힘을 가지고 있는데 쓰지 못하는 것이 오히려 바보처럼 느껴질 정도야. 어쩌면 내 성격도 변하고 있는 것인지 모르겠군. 예전의 나였다면 힘을 가지고 있다 해도 감히 혈웅맹에 들어가 맹주가 되겠다는 꿈은 꾸지 않았겠지. 그냥 한적한 곳에서 은거나 했을 거야. 하지만 이미 나는 그때의 내가 아니야.'

끼이잉!

백랑은 내가 생각에 잠기며 기세를 발출한 탓인지 겁먹은 눈으로 내 바짓가랑이를 물었다.

나는 백랑의 머리를 쓰다듬고 말했다.

"백랑아. 이곳이 우리가 살아야 할 곳이야. 너도 가다가 맘에 드는 암놈이라도 있으면 잘 봐두거라. 여기서 나가기는 어려울 것 같으니까."

내 말을 알아들었는데 백랑이 주변을 두리번거리기 시작했다.

"하여간 개든 남자든 수놈은 다 똑같아."

묘진홍이 내 말을 듣고 타박했다.

그리고 나는 묘진홍이 올려다보는 거대한 전각을 올려다보았다.

내 몸보다 더 큰 편액이 걸려있었다.

편액에는 장로원(長老院)이라는 웅휘한 필체로 써진 글자가 목각이 되어 있었다.

제 7 장
NEO ORIENTAL FANTASY STORTY
입맹(入盟)하다

제 7 장
입맹(入盟)하다

장로원 대청에서 한 노인이 나를 보며 웃었다.

그 웃음소리가 대청에 쩌렁쩌렁 울렸다.

"으하하하! 옥소마군이 본 맹을 방문할 줄이야. 이거 정말 기쁘기 그지없군."

혈웅맹을 들어오며 신분을 밝혀 서룡은 내가 온 것을 미리 알고 있었다.

한때는 적으로 마주했던 이가 동지가 되는 묘한 상황이지만 나는 이것이 마도의 특징임을 알고 있었다.

마도에서는 영원한 적도 영원한 동지도 없었다.

"이제야, 내 숨통이 트이겠구나."

고작 나 하나 합류한 것뿐인데 서룡이 이처럼 기뻐하니

내가 다 멋쩍었다.

정말로 내가 큰 힘이 되기에 그러는 것인지 아니면 그냥 반가움의 표현인지는 아직 알 수 없었다.

그리고 나는 조급하게 생각할 필요가 없음을 깨달았다.

'지금부터는 인내심의 싸움이다.'

그리고 인내심은 혈첩이었던 내게 있어 그 누구보다 자신 있는 분야였다.

"오랜만에 뵙습니다."

"정말 반갑네. 내 생명의 은인을 이렇게 다시 보니 새록새록 그때 일이 떠오르는군."

솥뚜껑 같은 손으로 내 손을 덥석 잡는데 나는 의외로 서륭이 진심으로 나를 반기고 있다는 것을 깨달았다.

"자, 여기서 이럴 게 아니라 안으로 들어가지. 소개해 줄 사람도 있고. 진홍아. 들어가자. 네 할아비도 와 있다."

"예, 서 장로님."

묘진홍이 조신하게 대답하는 것을 보니 너무 이질감이 들었다.

서륭은 성큼성큼 걸어 안으로 걸어 들어갔다.

나는 대청 곳곳에 은신하고 있는 자들을 느꼈다.

장로원을 지키는 수신위들이었다.

'제법이군.'

확실히 혈웅맹은 용담호혈이었다. 은신하고 있는 자들

의 수준이 만만치 않았다.

"할아버지!"

원로원의 후원에 들어서자 그곳에 아담한 정자가 한 채 있는데 그곳에 두 명의 노인이 차를 마시고 있었다.

그리고 묘진홍은 그 중 한 노인을 향해 뛰어갔다.

"허허허. 이 녀석!"

묘진홍을 안은 노인은 혈웅맹 수석장로 묘균혁이었다.

특이한 것은 묘균혁의 수염과 머리칼 색이 약간 붉은 색을 띠었다.

이런 경우는 보통 마공을 익힐 때 나타나는데 묘균혁은 그것이 아니라 주홍송나검을 익혔기에 그 진기의 색에 의해 수염색이 변한 것이다.

"그동안 강녕하셨어요?"

"이 할아비야 갈수록 건강해지고 있다."

그러고 보니 묘진홍은 묘균혁을 닮아서 누가 봐도 가족관계임을 알 수 있었다.

정자의 다른 노인은 묘진홍과 묘균혁을 보며 잔잔한 미소를 짓고 있었다.

혈첩시절 혈웅맹의 주요인사 신상명세는 꿰고 있을 뿐 아니라 그들의 용모를 그림으로 충분히 숙지했기 때문에 누군지 알아볼 것 같았지만 내가 본 많은 용모파기(容貌疤

記)에서는 보지 못한 얼굴이었다.

'누구지? 묘군혁과 같이 차를 마실 정도면 대단한 위치에 있을 것 같은데.'

궁금해할 때 묘군혁은 나를 싸늘한 눈으로 훑어보았다.

그것은 마치 나를 해부하듯 보는 것 같아서 소름이 돋았다.

하지만 모든 상황에 연기할 줄 아는 나는 내색 하나 하지 않았다.

곧 묘진홍이 내 궁금증을 해결해 주었다.

"좌 할아버지 안녕하셨습니까?"

"오, 그래. 진홍이가 갈수록 예뻐지는구나. 이제 그만 나돌아다니고 어서 시집가야 할 텐데 말이야."

묘진홍이 좌 할아버지라고 부른 노인은 뭔가 환관의 느낌이 나는 노인이었다.

수염도 없었고 얼굴도 매끈하니 묘군혁과 동년배라고 할 수 없을 정도로 젊어 보였다.

나는 그의 성을 듣고 바로 알 수 있었다.

'아, 저자가 바로 암혈전 전주 좌종이구나.'

혈웅맹의 정보를 책임지고 흑오를 총괄하는 수좌였다.

묘군혁은 나를 보며 물었다.

"이 청년은 누구신데 서 장로께서 직접 데리고 오신 것이오?"

묘군혁은 오만방자하기로 유명한 서룡이 젊은 청년을 대함이 사뭇 정중하기에 말한 것이다.

청년을 보면서 만면에 웃음이 머금고 있는 것도 그렇고 참으로 기이한 광경을 보는 것 같았다.

서룡이 아끼는 손자 서곤에게도 볼 수 없는 장면이니 그럴 법도 했다.

그때 좌종이 대신 대꾸했다.

"호오, 저 청년이 바로 서 장로를 부맹주의 암습에서 구한 옥소마군이란 친구로군."

좌종의 말에 묘군혁은 더욱 강한 눈길로 나를 쳐다보았다.

좌종이 말을 이었다.

"참으로 무림에 신성이 등장했다 할 수 있지. 노부는 어째서 저 신성이 본 맹에 왔는지 알 것 같군. 최근에 화산파의 고집쟁이 고광, 고우를 따돌리고 혈첩부 부주 구도기를 죽였지. 거기다 저자는 본전의 암혈각 부각주를 구출하기도 했지."

서룡은 좌종에게 내가 칭찬받는 것이 좋은 지 허허거리며 웃었다.

"고광과 고우가 어디 보통 말코들이오. 그자들과 한번 부딪혔다고 하는데 그 말코들 손에서 살아났다고 하니 내 자네가 다시 보이더만."

135

고광은 화산파 최강의 고수로 알려진 도장이었다.

그런 그들의 손에서 고결하를 빼돌리고 구도기를 죽였으니 내 명성이 마도 무림에 퍼지는 것은 당연지사였다.

"화산파의 수십 명에 달하는 도사들이 포위했어도 나를 죽이려면 모두 죽기를 각오하라며 협박을 해서 포위망을 뚫고 나온 이야기는 나도 참으로 감동적으로 들었네."

나는 속으로 웃었다.

내 이야기가 좀 과장되어 퍼진 모양이었다.

"과찬이십니다."

내가 겸손하게 포권으로 예를 표하자 좌종과 묘군혁은 나를 물끄러미 쳐다보았다.

"마도에서 예를 너무 차리면 음흉한 자로 취급받네. 한 가지 장점을 열 가지로 부풀려서 떠벌리는 게 미덕인 곳이지. 그러니 자네도 그런 점을 알고 너무 겸손하게 처신하지 않는 게 좋을 것 같군."

서룡이 크게 웃었다.

"하하하! 두 분 장로님이 너무 옥소마군을 귀여워하시니 내가 다 기분이 좋구료."

좌종이 문득 지나가듯 물었다.

"그런데 본 맹엔 왜 왔는가?"

간단한 질문 같아도 내게 있어 가장 핵심적인 질문이었다.

나는 이 자리에서 서룡을 좀 치켜세워줄 필요성을 느꼈다.

"본래 서 장로님이 제게 오래전부터 제안하셨습니다. 혈웅맹에서 일을 같이하지 않겠느냐면서요. 하지만 전 그때 한 분을 호위하는 중이라 무례하지만 서 장로님의 제의를 거절할 수밖에 없었습니다. 아무리 좋은 제의라 해도 소생이 약속한 것은 반드시 지켜야 했습니다."

좌종이 물었다.

"그럼 이제 후배의 약속은 모두 지켰는가?"

"그렇습니다. 그래서 서 장로님을 찾아온 것이지요. 무릇 무인은 자신을 높이 봐 주는 사람을 따르게 되어 있지 않겠습니까?"

내 말에 서룡은 입이 쭈욱 찢어졌다.

"으하하하! 과연 내가 사람을 잘 봤어. 사실 안휘삼천무에서 내 제안을 냉정하게 거절해서 참으로 불쾌했었지. 다른 것도 아니고 내 제자로 들이겠다는 제안인데도 거절하는데 세상 물정 모르는 젊은이로 보이더군. 그런데 알고보니 그것이 약속을 지키기 위함이었구만. 과연! 마군이라는 별호가 딱 어울려! 그럼! 이 서룡의 사람이 되려면 그정도 신의는 있어야지."

서룡이 아예 자기 사람이라고 못을 박듯 말하자 묘군혁이 슬쩍 말을 틀었다.

"이런. 그렇게 단정할 것 없네. 이곳에 지내다 보면 자신의 자리를 발견하게 될 것이네. 그때 가서 자리를 잡아도 문제없네."

좌종이 고개를 끄덕였다.

"서 장로님도 좋지만, 자네의 무학을 더 높여 줄 수 있는 사람을 찾는 것도 나쁘지 않을 걸세."

묘군혁이나 좌종은 나를 나쁘게 보지 않는지, 아니면 농담인지 몰라도 나를 눈독 들이는 것 같았다.

그런 그들을 향해 서룡은 슬쩍 내 어깨를 감싸며 말했다.

"이거 왜들 그러시오? 나를 찾아온 사람인데."

나는 다시 서룡에게 내가 아직 자유로운 신분임을 알리는 것도 나쁘지 않다는 생각을 했다.

"두 분의 조언을 들어보니 그것도 괜찮은 것 같습니다. 소생이 두 분을 뵙고 많은 조언을 들었으면 합니다. 무림에 몸을 담고 있었으나 어떤 단체에도 소속되어 있지 못해 장로님들 같은 분들을 뵐 기회가 없었습니다. 소생의 안목을 넓혀주시기 바랍니다."

묘군혁이 살짝 웃었다.

"허허허, 젊은 친구가 참으로 세상 이치에 밝은 것 같아 다행이다 싶군."

처음과 같은 경계가 많이 누그러진 것만으로도 나는 만족했다.

노인들은 항상 변덕이 죽 끓듯 하는 자들이라 가장 먼저 비위를 맞추는 것이 좋다는 것은 익히 알고 있었다.

노인들에게는 곧은 소신은 불편한 방석과 다름없었다.

그래서 나는 이들에게 호감을 얻기 위해 허리를 굽혔다.

노인들에게 내가 위협이 되지 않는다는 것을 먼저 알리는 것이 먼저였다.

"이런, 여기에 더 있다가는 옥소마군을 빼앗길 것 같군. 그래. 가세. 내 집무실을 보여주지."

나는 내 팔을 잡아끄는 서륭에게 미소를 보여주며 자세를 바로 했다.

그리고 묘군혁과 좌종에게 정중하게 포권을 하며 말했다.

"그럼 짧게 인사드리고 후배는 물러가겠습니다. 나중에라도 후배에게 가르침을 주시겠다면 어디라도 달려가겠습니다. 그러니 허물치 말아 주시고 불러주십시오."

내 말은 나를 언제든지 호출해도 괜찮다고 두 사람에게 말하는 것이다.

서륭의 눈치를 보지 말고.

"오! 그러지. 인사성도 밝고. 요즘 본 맹에 저렇게 인사성 밝은 친구가 없는데. 자네를 보니 기분이 좋군. 내 진홍이 친구라고 알고 있는데 종종 부름세."

묘군혁이 나를 향해 싱긋 웃었다.

좌종이 대꾸했다.

"자네와 하고 싶은 이야기도 많을 것 같아. 노부가 아무리 바쁘다 해도 자네와 자주 자리를 가지도록 하지."

"그럼 후배는 이만 물러가겠습니다."

내가 정중하게 예의를 차리는 모습이 낯선지 계속 묘진홍은 묘한 눈길로 바라보았다.

하지만 그것을 이 자리에서 표현할 정도로 바보는 아니라 속으로 생각했다.

'내가 알던 반 호위가 맞아? 마치 이런 세상에서 십 년 이상은 굴러먹은 노강호의 모습이 아닌가?'

묘진홍은 반설웅의 새로운 모습이 낯설기도 하면서 적응을 잘하는 모습을 보니 내심 안심이 되기도 했다.

묘군혁은 묘진홍을 가까이 불렀다.

"진홍아, 이리 오너라."

"예. 할아버지."

"저 아이에 대해 아는 것을 모조리 말해 보아라."

묘진홍은 할아버지가 한 사람에 대해 깊은 호기심을 보이는 것을 처음 보았다.

묘진홍은 반설웅에 대해 설명하기 시작했다.

나중에 그가 사십사혈마단주 악추도 상약과 싸우며 죽일 때는 탄성을 발하기도 했다.

그리고 안휘삼천무에서 이마이교의 후기지수 중 가장 강하다고 하는 이들을 물리치고 우승하는 이야기에서는 고개를 끄덕였다.

"어째서 서 장로가 그 친구를 그리 애지중지하는지 알겠군. 맹주의 아들 육문비까지 어렵지 않게 꺾었다니 정말 대단한 기재야. 서 장로가 몸이 달아오르는 것도 이해가 돼."

묘군혁이 중얼거리자 좌종이 대꾸했다.

"제자로 들이겠다고 하는 것도 무리가 아니야. 잘만 키우면 후계자가 될 수도 있으니까."

옆에서 조용히 듣고 있던 묘진홍이 물었다.

"후계자요? 무슨 후계자요?"

묘군혁이 손녀를 힐끗 보고서는 차를 마셨다.

이런 말을 해도 되나 하는 눈빛이었다.

"장로들의 제자가 되면 맹주의 후계자가 될 수도 있지. 능구렁이 같은 서 장로가 괜히 제자로 들이겠다고 하겠는가."

"그런 뜻이에요? 하지만 그가 여러 장로님의 제자들을 물리치고 대표로 원로원이나 계율원의 제자와 싸울 수 있겠어요? 당장에 할아버지 제자와 좌 할아버지 제자도 모두 뛰어난데."

좌종이 피식 웃었다.

"진홍이가 그와 오래 붙어 있다 보니 잘 못 느끼는 것 같구나."

묘군혁은 반설응이 사라진 곳을 향해 시선을 두며 말했다.

"이 할아비가 그를 처음 딱 보았을 때 그의 기세를 가늠하지 못했다."

"나도 그러네."

묘군혁 뿐만 아니라 혈웅맹의 장로 중 가장 강한 고수인 좌중조차 그런 말을 할 줄 몰랐던 묘진홍은 눈을 끔뻑거렸다.

"그가 강하긴 하지만 그 정도는 아닐 텐데요."

"넌 우리의 눈이 얼마나 밝은지 모르는구나. 그놈은 괴물이야. 어쩌면 본 맹에 파란이 일지도 모르겠군."

묘군혁은 처음 반설응을 보고 긴장하는 자신을 발견했다.

그래서 손녀의 친구임에도 날카롭게 대했다.

본능적으로 무인의 경계심이 발동한 까닭이다.

나중에 가서야 경계심을 지웠지만 지금도 놈의 기량이 어느 정도인지 파악하지 못한 것을 보고 슬쩍 자신의 그늘로 거둬들일 욕심까지 부렸다.

좌종이 서릉의 사람인 것을 알면서도 그렇게 말한 것을 보면 자신과 똑같은 생각을 한 것 같았다.

142 6

'정말 욕심나더군. 그놈이 내 밑에 들어온다면 정말 좋겠는데.'

묘군혁은 그런 생각을 하며 묘진홍을 쳐다보았다.

나는 원로원에는 같이 못 들어간 백랑이 반갑게 맞이하는 것을 보며 웃었다.

백랑을 보니 긴장감이 풀어졌다.

천 년 묵은 구렁이들을 보고 나온 느낌이었다.

등골이 축축하게 젖을 정도로 은근히 긴장해 있었다.

그 정도로 묘군혁과 좌종은 나에게 엄청난 존재감을 과시했다.

"그 두 사람은 본 맹을 이끄는 주요인사들이네. 자네가 알아둬도 나쁘지 않아. 하지만 그들은 무슨 생각을 하는지 노부도 잘 모른다네. 지금은 나와 한배를 타고 있어 노를 같이 젖고 있으나 언제든지 필요하다면 노를 거꾸로 잡을 위인들이네."

서릉은 좀 전과는 달리 표정이 굳어졌다.

아마도 그들이 내게 관심을 보인 까닭일 것이다.

"그들에게 나쁘게 보일 이유가 없어. 그들과 가까이 지내도 노부는 자네를 탓하지 않을 것이네. 다만 한 가지만 주의해 주면 되네. 자네는 누가 뭐래도 이 서릉의 사람이라는 것을."

나는 싱긋 웃었다.

"괜히 그 두 분에게 비호감을 줄 필요 없어서 친밀하게 대한 것입니다. 서 장로님과 제가 특별한 사이라는 것을 느끼고 있습니다."

그런 나를 바라보며 서릉이 입을 열었다.

"노부가 자네를 높이 평가하는 것이 바로 신의라네. 이제는 마도에서는 그 신의라는 것을 찾아볼 수 없어. 그런데 자네에게는 그게 있어. 그래서 노부는 자네에게 모험을 걸어보는 것이네."

"감사합니다. 좋게 봐주셔서."

서릉이 이제야 얼굴을 풀었다.

"노부가 자네 거처를 마련해 두었네. 마음에 들었으면 좋겠어."

나는 서릉에게 말했다.

"조용한 곳이면 족합니다."

"내 귀한 사람을 모셔놓고 어찌 번잡스러운 곳에 거처를 내주겠나. 노부가 고민이 있으면 조용히 쉬었다고 오는 곳이니 자네가 기거해도 만족해할 것이네."

"소생이 혼자 산다면 몰라도 저기 있는 백랑과 같이 지내야 하니 다른 사람에게 폐를 끼치게 될까 봐 그런 것입니다."

서릉이 직접 내가 지낼 거처로 안내했다.

"그런데 묘 장로 손녀와는 어떤 관계인가? 대단히 친밀해 보이던데. 그 말괄량이가 자네 앞에서는 순하게 굴어서 웬일인가 했지."

"그냥 친구 사이입니다. 범 소저를 호위하면서 알게 되었는데 그 이상도 그 이하도 아닙니다."

"흠, 그렇다면 다행이군. 한 여자에 묶여서 할 일을 못하는 그런 상황이 아니란 것만 말해주겠네. 내 뜻은 더 높이 있다는 것만 알게."

"명심하겠습니다."

내가 대답하자 서릉은 흡족한 얼굴로 나를 바라보았다.

"저기네. 저기가 내가 잠깐씩 쉬려고 들리는 곳이지."

서릉이 안내한 곳은 아담한 전각인데 정원과 후원이 따로 딸린 장원 같은 곳이었다.

"오늘 시비도 보낼 테니 부족한 것이 있으면 그 아이를 통하면 되네."

"모든 것은 저 혼자서 할 수 있습니다."

"아니네. 이제는 자네는 그냥 단순한 손님이 아닐세. 바로 이 서릉의 중요한 사람이네. 그런 사람이 시비 하나 없이 지내는 것은 어불성설이네."

서릉이 배려해주는 것은 고마우나 그 시비도 결국 나를 감시하는 사람일 것이니 부담스러웠다.

하지만 그것을 너무 내색하면 서룡을 믿지 못한다는 뜻
도 되기에 나는 할 수 없이 받아들였다.

"그렇다면 서 장로님의 뜻을 따르죠."

생각보다 서룡은 내가 고분고분하게 따른다고 생각하는
지 입꼬리에 미소를 매달았다.

"며칠 동안 여기서 푹 쉬게. 사나흘 후에 자네 입맹식을
거행할 텐데 특별한 의식이 있는 것은 아니고 노부가 연회
를 베풀 것이야. 그때 참석하고 맹의 주요인사들에게 인사
만 하면 되네. 보통 외부에서 명숙을 영입하거나 할 때 연
회로 얼굴을 알리지. 그리고 거기서 분명 부맹주파가 시비
를 걸 수도 있으니 조심하게. 대거리하지 않으면 문제가
없을 것이니 그들과 말도 섞지 말게."

"걱정하지 마십시오. 제가 나름 처세술에 밝습니다."

"그래. 노부는 그게 마음에 들어."

나는 서룡에게 말했다.

"그런데 지금은 제가 혈웅맹을 마음대로 드나들기 어렵
겠지요."

"그렇지. 입맹식을 하고 난 후에야 꼬투리를 잡히지 않
을 것이야. 지금쯤이면 부맹주파가 자네가 온 것을 알고
대책을 강구 할 것이네. 이럴 때 괜히 밖으로 나돌아다니
면 그들에게 자네를 축출한 빌미만 주게 되는 것이지."

나는 고개를 끄덕였다.

"알겠습니다."

서륭과 부맹주파와는 원수지간이라고 할 수 있었다. 그리고 그들도 나를 원수로 생각할 수 있었다.

어쩌면 그들은 나를 단단히 벼르고 있을지도 몰랐다.

서륭을 구하고 그들의 전력을 몰살시키다시피 했으니 그들로서는 내가 눈엣가시 같을 것이다.

"당분간은 자네 거처와 원로원만 드나들게. 그리고 이곳은 내가 자네 취향에 맞게 꾸밀 수 있도록 목수와 사람을 보내겠어. 필요한 것이 있으면 무조건 말하게. 은인의 말인데 어찌 내가 소홀히 할 수 있겠는가."

서륭은 다시 나를 자신과 은연중 엮으며 말했다.

"감사합니다."

서륭이 내 어깨를 두드리고 사라졌다.

나는 서륭이 마련한 거처로 들어가며 감탄했다.

이런 멋진 곳에 살아본 적 없던 나는 감회가 깊었다.

서륭의 취향이 그대로 묻어 있는 거처였다.

정원은 가끔 사용하는 휴식처임에도 깔끔하게 정리되어 있었고 먼지 하나 없는 것을 보면 매일 청소하는 것 같았다.

특히 방으로 들어가서 나는 더욱 놀랐다.

서륭이 독서광인 줄 몰랐던 것이다.

방 면이 모두 서책으로 들어차 있었다.

장식용으로 갖다 놓을 수 있으나 홀로 휴식차 지내는 곳에 서책을 장식용으로 둘 까닭이 없었다.

그래서 이 서책은 모두 서릉이 보는 책일 것이다.

그리고 침실은 아무 장식도 없어서 좋았다.

수면을 취하는데 방해가 될 것은 모두 치워서 휑한 느낌마저 들었다.

'의외로 서 장로가 내 취향과 비슷한 면이 있군. 난 그가 무식한 노인네인 줄 알았더니. 하긴 무식한 노인이 원로원을 이끌지는 못하겠지.'

수석장로는 묘군혁이지만 그의 나이가 서릉보다 많기에 수석장로가 된 것이었다.

하지만 장로원을 실질적으로 이끄는 이는 서릉이었다.

그리고 원로원은 바로 묘군혁보다 더 나이가 많은 이들의 모임인데 그들은 혈웅맹의 운영에 손을 뗀 노인들이었다.

백도무림에 비견하면 은퇴한 무림명숙같은 신분이었다.

그리고 계율원은 부맹주 고학이 원주를 맡고 있으며 주로 그보다 젊은 장로들이 혈웅맹의 집법을 행하는 곳이었다.

그리고 서문에 자리 잡은 혈죽원은 혈웅맹 태생이 아니라 외부에서 들어온 명숙들이 기거하는 곳이었다.

다른 문파에서는 봉공이라 불리는 이들이었다.

하지만 혈웅맹에서 오랫동안 활동해서 혈웅맹 사람들이라고 할 수 있었다.

이 오원이 혈웅맹을 이끌어가는 지도부인데 원로원과 혈죽원은 항상 중립을 지키고 있었다.

맹주의 거처인 중주원과 장로원, 계율원이 실질적인 지휘부라고 할 수 있었다.

"백랑아. 이곳이 이제부터 너와 내가 살 곳이다. 네 집을 당장 만들어야겠는걸."

반 시진 후에 서륭이 보낸 서기를 통해 여러 가지를 주문했다.

백랑이 기거할 수 있는 집을 지을 목재와 목수들을 부탁했다.

그리고 생필품 몇 가지를 같이 주문했다.

"서륭 늙은이가 자신이 아끼는 몽운장(夢雲莊)을 내줬다고?"

고령임에도 커다란 눈과 짙은 눈썹이 인상 깊은 노인이었다.

음성도 고령이라고 생각할 수 없었다.

거의 묘군혁과 비슷한 나이이나 묘군혁의 동생뻘로 보이는 외모였다.

젊었을 때는 미남자라는 소리를 들었을 법한 외모로 아직도 풍채가 좋아 혈웅맹에서도 나이들은 여인들에게 인기가 많았다.

"예, 서룡 그 늙은이가 직접 몽운각을 데려다 주고 거기서 살라고 했다고 합니다. 부맹주님은 혹시 옥소마군이란 자에 대해 들어 본 적 있습니까?"

질문을 한 자는 계율원의 부원주 상곡(尙谷)이었다.

악추도 상약의 아비 되는 자였다.

"이런저런 이야기를 들었지. 그런데 본좌보다 시 장로와 사 장로가 그 아이를 더 잘 알 것 같은데. 안 그렇소?"

부맹주 고학이 지칭한 이들은 탁자에 조용히 앉아 있는 두 명의 장로들이었다.

목룡 사책과 살선 시부였다.

일전에 사십사혈마단을 따라 임무를 수행하다 반설웅을 만나 적이 있으니 그걸 묻는 것이다.

"놈은 백랑비마의 비전을 이은 놈인데 석년의 백랑비마보다 더 강했습니다."

"청출어람이라!"

살선 시부가 대꾸했다.

"몇 배는 더 강한 듯했습니다. 상단주가 놈에게 죽은 것도 우연은 아니었습니다."

"놈을 우리 쪽으로 끌어 올 방법은 없겠나? 육문비도 꺾고 가장 강하다고 알려진 태막도 꺾은 것을 보면 후계자에 근접한 자인데 말이야."

말을 하던 고학이 문득 짜증을 냈다.

"젠장, 시조는 이런 말도 안 되는 문규를 만들어서는 사람을 골치 아프게 해."

혈웅맹의 시조 독고천은 혈웅맹이 오랫동안 무림에서 살아남기 위해 문규를 만들었는데 그중 맹주와 소맹주에 대한 중요한 법규였다.

맹주가 혈웅맹의 뜻을 대표하지 못한다고 여겨질 때 오원에서 그 대표되는 자를 선출한다고 규정하고 있는데 소맹주도 마찬가지였다.

소맹주는 맹주의 아들로 제한하지 않고 오원에서 대표하는 기재들이 경합으로 후계자를 정한다는 내용이었다.

후계자를 일찍 정해 맹주가 될 소양을 미리부터 공부한다는 것이다.

왕가의 제왕학을 일찍 공부하는 것과 같은 맥락이었다.

맹주위를 같은 핏줄이 이으면 조직은 정체되어 썩는다고 독고천은 생각한 것이다.

이 규칙은 수백 년이 지난 지금까지 지켜왔다.

그리고 그런 독고천의 생각은 틀리지 않았다.

뛰어난 기재가 제왕학을 공부해서 맹주가 되어 혈웅맹을 잘 이끌어 왔다.

맹주에게 혜택이 있다면 맹주의 아들이 후계자 경합에
다른 오원의 허가가 없어도 참여할 수 있는 정도였다.

가장 뛰어난 인재가 혈웅맹을 이끌어 융성하게 하려는
의도는 지금에 와서는 퇴색하게 되었다.

그 경쟁이 심화하여 내분까지 벌어지게 된 것이다.

제 8 장
NEO ORIENTAL FANTASY STORTY
적응하다

"제가 보기에 놈은 제법 강단 있고 소신이 있어 보였습니다. 우리 쪽에서 데려오기 어려울 것입니다."

목룡 시책의 말에 고학은 인상을 썼다.

"시 장로의 말이니 믿을만하겠지만 그래도 시도를 해봐야 하지 않겠어?"

"소문에 의하면 오래전 의술로 자신을 구해준 범빙을 위해 그녀의 하인을 자처했던 놈입니다. 출중한 실력이 있는데도 은혜를 갚고자 하인도 마다치 않은 놈이 우리에게 넘어오겠습니까?"

고학이 중얼거렸다.

"그것도 그렇군. 신의가 있는 놈들은 그래서 골치 아파.

155

그럼, 우리가 가질 수 없다면 망가뜨려야 하지 않겠소? 놈들은 분명 연회를 베풀어 입맹식을 하려고 할 것이오. 그 전에 놈을 처리해야겠소. 누가 좋겠소? 놈을 해치우기에. 추천해 보시오."

목룡 사책과 살선 시부는 말없이 앉아 있었다.

고학은 그들이 말을 꺼내지 못하자 고개를 돌렸다.

사책과 시부는 함부로 사람을 추천하지 못했다.

잘못해서 실패하면 그 모든 책임을 자신이 져야 하기 때문이었다.

그런 바보 같은 짓을 누가 하겠는가 말이다.

더욱이 고학은 실패를 싫어하는 사람이었다.

할 수 없이 고학은 자신이 믿을 만한 사람 하나를 입에 올렸다.

"그가 어떻소? 장 봉공 말이오. 그라면 확실히 처리해 주지 않겠소?"

사책이나 시부는 그 말을 듣고 거의 무의식적으로 고개를 끄덕였다.

그만큼 그의 실력을 의심하지 않았다.

한 때 무림 삼대살수라는 이름을 올렸던 최고의 자객이었다.

무림을 은퇴해 혈웅맹에 몸을 담고 혈죽원에 머물렀다.

그런데 살선 시부가 놀라는 이유는 그런 장 봉공을 부맹주 세력으로 끌어들였다는 사실이었다.

원로원이나 계율원에서는 혈죽원의 고수들을 자신의 세력으로 영입하려고 하지만 그들은 자신들의 보신을 위해 어떤 세력에도 가입하지 않으려고 했다.

목룡 사책의 입에서 그의 이름이 흘러나왔다.

"무영객(無影客)이라면 문제없을 겁니다."

"그래야지."

무영객(無影客) 장두(張豆)는 이십 년 전 무림 삼대살수에 이름을 올렸던 절정의 고수였다.

살수가 실패를 하지 않으려면 은신과 암습에 능해야 하나 그것만으로는 초일류 고수들을 죽일 수 없었다.

무공도 그만큼 따라줘야 특급살수가 되는 법이었다.

무공이 따라주지 않는 살수는 언젠가는 고수를 만나면 죽기 마련이었다.

흔한 별호를 가진 무영객 장두는 바로 절정의 무공을 지니고 있어 한 번도 살행에 실패한 적이 없었다.

혈웅맹이 살수였던 자를 맹의 봉공으로 받아들이지 않는 것도 바로 그러한 이유도 있었다.

자객이라 부를 만한 이들은 이미 차고 넘칠 정도로 보유하고 있기 때문이었다.

그들이 바로 흑오며 무영이었다.

그런 그들이 있는데 살수를 평생 먹여 살리는 봉공으로 대접할 리 없었다.

그래서 이번 맹주위 쟁탈전을 두고 공을 들여 무영객을 섭외한 것이다.

암살할 때를 대비하기 위해서였다.

"그런데 그자를 신뢰할 수 있겠습니까? 지금까지 자신의 진면목을 한 번도 보여주지 않은 자를?"

무영객 장두는 그의 진짜 얼굴을 한 번도 드러내지 않았다.

"그는 무영객이네. 자신이 얼굴을 보여주기 싫다면 어찌 강요할 수 있겠나. 그가 살수였다는 것을 감안 해야 할 것이야."

고학도 내심 그것이 불만이었다.

그를 자신의 사람으로 끌어들였으나 진면목을 한 번 본 적 없으니 불안한 느낌도 있었다.

지금 하고 있는 얼굴도 진짜 그의 얼굴이 아니었다. 간혹 만날 때 다른 얼굴로 등장하기도 해서 이제는 그러려니 하고 말았다.

그래도 자신을 만날 때는 항상 같은 얼굴로 대면하니 무영객은 예의를 차린 것이라 할 수 있었다.

"연회가 시작되기 전에 옥소마군의 암살명령을 내릴 것이야. 연회장에서 서릉 그 늙은이의 낭패한 얼굴을 보는 것도 통쾌하겠지."

고학은 싱긋 미소 지으며 말했다.

"그를 불러오게."

나는 집안 정리를 대충하고 밖으로 나오자 한 여아가 총
총걸음으로 몽운장으로 들어섰다.

나는 의외로 시비가 어려서 걱정했다.

"네가 이곳에 머물 아이냐?"

"예, 공자님."

내게 다가와 인사를 하는 시비를 보고 서륭이 어떤 목적
으로 보낸 시비인지 알 것 같았다.

어리지만 뛰어난 미모를 지닌 소녀였다.

"이 큰 곳을 혼자서 일할 것은 아니겠지?"

다른 시비가 있을 것으로 생각하고 물었다.

"아닙니다. 전 혼자 이 장원에 머물 것입니다."

"흠. 무리일 텐데."

그 말에 여아가 고개를 발딱 들었다.

"아닙니다. 저 혼자서도 충분히 할 수 있습니다. 이래
봬도 힘도 좋고 똑똑합니다."

나는 초롱초롱한 눈망울을 가진 소녀가 마음에 들었다.

'서륭은 나를 뭐로 보고 이런 애를 보낸 거야. 하여간 마
도 새끼들은.'

문득 서륭의 저의가 의심스러워 욕이 나왔다.

나름 서륭이 신경 써서 보낸 아이일 텐데 보내는 것도 마땅치 않았다.

하지만 마냥 끌려다닐 수 없는 노릇이었다.

'힘 좋은 시비를 하나 달라야 하겠구나. 그렇지 않으면 이 아이가 힘들어.'

나는 조용히 서서 나를 바라보는 시비에게 물었다.

"이름이 무엇이더냐?"

"소녀는 요미랑(妖美螂)이라고 합니다."

"요미랑? 요사스런 사마귀라니. 무슨 이름이 그렇지? 진짜 이름을 말 해봐."

요미랑이라는 시비가 조용히 대답했다.

"환희각(歡喜閣) 소속의 여인들은 이름이 없고 별호만 있습니다."

환희각은 혈웅맹 칠각 중 한 곳이었다.

"그럼 넌 진짜 시비가 아니라 환희각에서 수련 받는 무사로구나."

요미랑은 고개를 끄덕였다.

"하지만 우리는 중요한 분들이 오면 시비 노릇도 같이 해요."

"흠."

나는 이해가 되었다. 환희각 소속의 여인들은 방중술뿐

만 아니라 무공까지 익혀 한 명의 무인이라 해야 옳았다.

내가 알기로도 환희각 소속 여인들은 임무수행능력이 뛰어나 흑오와 합동작전에 투입되기도 했다.

"내가 언제까지 요미랑을 시비로 둘지 알 수 없으나 당분간은 네 신세를 져야 할 것 같구나."

요미랑이 배시시 웃으며 대꾸했다.

"아니에요. 오래 신세를 져도 괜찮아요. 처음으로 잘 생긴 분을 시중들어 저도 기분이 좋거든요."

"허허허, 난 그리 잘 생긴 얼굴이 아닌데."

"헤헤헤, 여긴 우락부락한 분들이 많아서 공자님만 되어도 미남자라는 소리 들을 거예요."

나는 대소했다.

"요, 쪼그만 것이 벌써 남자 마음을 흔들 줄 아는구나."

소녀라고 우습게 볼 게 아니었다. 이미 방중술을 배우고 남자를 완전히 분석할 줄 아는 환희각의 무사였다.

그러다 요미랑은 백랑을 보더니 눈을 반짝였다.

"와아! 개새끼다!"

백랑은 주변을 탐색하고 왔는지 털에 잡풀이 묻어 있었다.

캬르르릉!

백랑이 이빨을 드러내며 노려보자 요미랑이 실실 웃었다.

"그놈 이빨이 참 멋지네요."

일반적인 소녀라면 그런 백랑을 보고 겁먹을 만한데 확실히 마도에서 무공을 수련한 소녀라 그런지 그런 백랑을 더 귀여워하는 듯했다.

"백랑은 개가 아니다. 늑대란다."

"늑대요? 와! 정말 멋지다!"

천진난만한 것인지 아니면 내숭을 떠는 것인지 구별이 안 될 때가 있었다.

'어쩌면 이런 것도 모두 수련을 하는 것일 수도 있지.'

나는 혈첩수련을 받아서 요미랑의 그런 모습 하나하나를 모두 순수하게 받아들일 수 없었다.

이들이 얼마나 혹독한 수련을 받는지 알기 때문이었다.

좀처럼 백랑이 요미랑의 손을 허락하지 않자 요미랑은 약간 삐친 듯 말했다.

"소녀는 그럼 청소를 좀 할게요."

요미랑은 그 작은 몸으로 청소하는데 마치 몇 년째 몽운각을 청소한 사람처럼 자연스럽게 움직였다.

그것을 보고 나는 그녀가 대단히 뛰어난 무인임을 알 수 있었다.

'얼마나 독하게 수련을 시키면 저 소녀가 저렇게 단련이 되었을까.'

짠한 것이 마음이 아팠다.

후원의 우물가에서 물을 길어 나르던 요미랑이 물었다.

"저는 어디에 머무를까요?"

"네 마음에 드는 곳에 들어가 살려무나. 어차피 우선 우리 둘만 쓸 텐데."

"정말요? 알겠습니다."

곧 생필품을 조달해 주기 위해 한 무사가 종이를 들고 찾아왔다.

"서 장로님께서 소협께 필요한 물품을 모두 공급하라는 지시가 있었습니다. 필요한 것이 있으면 말하시죠."

나는 요미랑을 불렀다.

"요미랑. 이리 오너라."

요미랑은 걸레로 대청을 닦고 있다가 쪼르르 달려왔다.

쉬는 시간이 없을 정도로 움직이며 청소해서 정신이 없을 정도였다.

"부르셨어요?"

"가만히 서 있거라."

"우선 이 아이에게 어울릴 만한 좋은 천으로 된 옷으로 다섯 벌을 가지져 오시고. 일할 때 입을 옷도 다섯 벌 준비해 주시오. 그리고 이 아이가 쓸 여러 물품도 있을 것이오. 그게 무엇이냐? 내게 말해 보아라."

내 말에 요미랑이 감격한 듯한 눈으로 나를 쳐다보았다.

"말을 하기에는 그러니 제가 종이에 적어드릴게요."

무사가 인상을 쓰며 말했다.

"전 소협이 필요한 물품을 주문받으러 왔지 시비의 물품을 지급하라는 지시는 못 받았습니다."

나는 그 말을 듣고 피식 웃음이 나왔다.

"당신은 아직 내가 누구인지 모르는군. 그 말을 했다고 내가 서 장로님에게 말하면 당신은 아마 당장 목이 잘릴 것이오. 그러니 다음부터는 그런 말을 꺼내지 마시오. 내가 주문하는 것은 모두 들어주는 게 당신 신상에 좋을 것이오."

무사는 아직 내가 서류의 그저 그런 손님쯤으로 생각하는 듯했다.

나는 혀를 찼다.

"쯧쯧, 눈치가 이리 없어서야. 아무래도 당신은 실력보다 더 낮은 직급을 가진 것 같소. 그건 당신이 눈치가 없어서 그럴 것이오. 안타깝군. 우선 내가 주문하는 것은 모두 들어주시오. 그런 다음 다른 사람에게 나에 대해 물어보는 게 나을 듯싶소. 내가 설명한다고 이해할 것도 아닌 것 같으니."

이 말에도 그는 이해하지 못한 얼굴이었다.

나는 고개를 흔들며 말했다.

"이 보시오. 이곳이 어떤 곳인지 아시오?"

"서 장로님의 별장과도 같은 곳이오."

"그런 장소를 내게 내주었소. 여기서 살라고. 그럼 내가 서 장로에게 어떤 의미의 사람인지 가늠이 되겠소?"

그제야 무사는 알아듣는 표정이었다.

"아, 이해했습니다."

그리고 무사는 상관이 한 말 중 흘려 들은 말이 떠올랐다.

'몽운각에 사는 자가 무엇을 요구하든 다 들어주어라.'

생각해 보니 지금까지 그런 지시를 받아 일을 처리한 적이 한 번도 없었다.

그런데도 그런 명을 받았다면 이 자가 서 장로와 보통 사이가 아니라는 뜻이었다.

무사는 그때부터 내가 부르는 것을 열심히 적기 시작했다.

"우선 일차적으로 필요한 것이오. 이것부터 가져오시오. 이 아이를 위해 주문한 것은 가능한 한 빨리 가져오시오. 무슨 말인지 알겠소?"

이제야 무사가 말귀를 알아들었다.

"오늘 저녁이라도 당장 가져오겠습니다."

"됐소. 눈치만 있으면 당신도 좀 더 높은 직급을 받을 수 있을 것이오."

내가 보기에는 무사는 고수의 기도를 가지고 있었다.

그런데도 이런 허드렛일을 한다는 것은 조직 내에서 인정을 받지 못한다는 뜻이었다.

그런 사람은 어느 조직에나 있었다.

무사가 돌아가자 요미랑이 의외란 얼굴로 날 쳐다보았다.

"왜? 네가 필요한 것을 주문하니 이 공자님이 대단히 멋있어 보이지?"

요미랑이 생긋 웃었다.

그 미소에 미혼술이 깃든 것인지 살짝 정신이 아찔할 정도였다.

자세히 보니 의식적으로 미혼술을 펼친 것이 아니라 웃을 때마다 무의식적으로 미혼술이 깃들어 있었다.

"그것도 있지만, 보통 다른 사람이었다면 그 무사를 한 대 치고 봤을 거예요. 여기서는 좀 권력이 있으면 주먹부터 내고 보거든요. 근데 공자님은 말로 조근조근 설명하는 것을 보고 신기했어요."

나는 이 말을 듣고 이곳이 다른 곳도 아니고 마도의 중심지 혈웅맹이라는 사실을 깨달았다.

내가 진짜 마도인이라면 "내가 누군지 알아?", "이 새끼가 맞아야 정신 차리겠네."라는 말로 무사를 때리고 봤을 것이다.

그것이 마도인들이 첫 번째로 보이는 반응이니 요미랑은 내가 신선하게 느껴질 수 있었다.

나는 요미랑에게 말했다.

"미랑아, 넌 이 공자님의 별호가 무엇인지 아느냐?"

"옥소마군이요."

"마군이란 별호는 이 공자님이 군자같기 때문이란다."

"헤헤헤, 정말 군자님 같아요. 그럼 옥소는 어디에 있어
요?"

나는 헤실 거리는 요미랑이 귀여워 품에서 구중을 꺼냈
다.

"여기 있지."

"아. 정말 예쁘네요. 소문에 듣자니 이것으로 백도 놈들
의 대가리를 깨뜨렸다고 하던데 정말인가요?"

나는 쓴웃음을 지었다.

어리기는 하나 마도에서 자라고 교육을 받아 어휘가 좀
험한 편이었다.

"그래."

"소녀도 한 번 만져봐도 돼요?"

"아니. 넌 자신의 애병을 다른 사람에게 함부로 맡기
니?"

"아. 죄송해요. 공자님. 제가 주제넘었습니다."

"괜찮아."

나는 요미랑이 귀엽기는 하나 어느 정도 선을 그었다.

그녀가 어떤 목적으로 몽운각에 왔는지 알 수 없기 때문
이었다.

"그럼 옥소도 불 줄 아시겠네요?"

요미랑은 한 번 질문을 쏟아내자 그칠 줄 몰랐다.

그만큼 내게 관심이 많았다는 증거였다. 지금까지 이 호기심을 어떻게 참았는지 알 수 없었다.

"그래. 다음에 시간 되면 들려주마."

"정말요? 기대 하겠습니다. 공자님."

요미랑은 그 말을 남기고 다시 저녁 식사 준비를 하러 부엌으로 향했다.

환희각의 여인들은 하지 못하는 것이 없었다.

나는 몽운각과 친해지기 위해 시간만 나면 주변을 맴돌고 산책했다.

몽운각의 풀 한 포기, 돌멩이 하나까지 찬찬히 들여다보고 담장의 돌 하나까지 살폈다.

사실 이곳이 서륭의 휴식처였던 것만큼 다른 용도로 사용되지 않았나 하고 조사한 것이다.

서륭은 이런 휴식처에 은밀한 장소를 마련했을 가능성이 컸다.

다른 사람이라면 몰라도 혈첩 수련을 받은 나는 그런 은밀한 장소를 찾아내는 것은 그리 어렵지 않았다.

하지만 나는 종일 돌아다니며 지붕까지 올라가 살펴봐도 다른 은밀한 장소는 발견하지 못했다.

그런 나를 보고 요미랑이 말했다.

"공자님은 참 자상하신 분 같아요. 장원을 돌아보며 친밀해지려고 노력하는 것을 보면요."

누가 보면 애정을 가지고 장원을 돌보는 것처럼 보일 것이고 요미랑도 그런 생각을 하고 있었다.

"이제 내가 살 집이니 살펴봐야지. 만약 내가 데리고 살 여자가 있는데 그 여자가 괜찮은 여자인지 꼼꼼히 따지는 게 당연한 거 아니겠어? 집도 마찬가지야. 나를 위해 비를 막아주고 바람을 막아주는데 애정을 가지고 살펴봐야지."

나중에라도 내가 계속 조사할 것을 대비해서 좋은 말로 마무리했다.

"헤헤헤, 역시 공자님은 뭔가 달라요."

목공이 도착해서 백랑이 거주할 집을 만들었다.

내 설명에 솜씨 좋은 목공은 한 시진 만에 백랑의 집을 만들었다.

늑대들은 냄새가 심하게 나기 때문에 통풍이 잘되게 사방 면에 창문을 만들었고 내가 허리를 굽혀 들어갈 정도로 크게 만들었다.

백랑이 작다 하나 개집처럼 작은 집에서 살게 하고 싶지 않았다.

그 무렵 요미랑과 백랑은 제법 친해져 있었다.

백랑은 요미랑이 나를 위해 일을 하는 사람이라는 것을 아는지 경계심을 많이 누그러뜨렸다.

그리고 무엇보다 백랑을 위해 먹이를 챙겨주다 보니 친해지게 된 것이다.

백랑을 보고 있다가 나는 나무 위에서 나를 내려다보는 서늘한 느낌을 받아 고개를 들었다.

'뭔가 느낌이 있는데.'

하지만 나무나 주변에서는 혈기류가 전혀 느껴지지 않았다.

혈기류가 없다는 것은 인간이 없다는 것을 뜻했다.

나는 밥을 먹는 백랑에게 말했다.

"백랑아, 이 근처에 숨어 있는 사람 있어?"

내 말에 백랑이 코를 박고 먹이를 먹다가 고개를 들고는 킁킁거렸다.

"어? 백랑이 사람 말귀를 알아들어요?"

나는 놀라는 요미랑이 귀여워 농을 건넸다.

"그럼. 말도 하는데."

"정말요? 어떻게 말해요?"

"으르렁. 으르렁하고 말하지."

놀라서 백랑을 쳐다보다 내가 농담을 한 것임을 알고 요미랑이 뒷머리를 긁적거렸다.

"헤헤헤, 공자님은 재밌기도 하셔."

백랑이 나를 보고 있다가 다시 밥을 먹는 데 집중했다.

그것은 근처에 사람이 없다는 것을 뜻했다.

'내가 민감해졌나? 그런데 어째서 난 자꾸 누가 나를 감시하는 것 같은 느낌이 들지. 특히 저 나무 위에서.'

내가 감지하지 못한다 해도 인간이라면 고유의 체취가 있기 때문에 백랑의 후각을 피할 수 없었다.

나는 불안한 것은 꼭 확인해야 하는 습성이 있었다.

인간은 완벽할 수 없다는 것을 알기 때문이었다.

그래서 나는 방안에 걸려 있던 철검을 들고 나왔다.

서룡은 방마다 습격을 대비해서인지 병기를 비치해 두고 있었다.

나는 철검을 꺼내서 수련하는 척하며 검에 기를 모았다.

천변만환을 펼치다가 벼락같이 검을 나무 위로 던졌다.

쐐애애액!

그 검은 나뭇가지가 우거진 곳에 이르러 번쩍하고 섬광을 발했다.

백락유성을 이검어환으로 펼친 것이다.

그것도 백락유성에 설매검의 묘리를 담았기에 검기가 유리조각처럼 깨져 나가며 퍼졌다.

퍼퍼퍼퍼퍼퍽!

백락유성의 검기가 나무에 빼곡이 박히자 나무가 허연 속살을 드러냈다.

두꺼운 나무껍질이 움푹 파였다.

그것을 보고 요미랑이 손뼉을 쳤다.

"와아! 공자님. 정말 대단해요. 검을 던져 허공을 격하고 그 상태에서 검에 깃든 검기를 암기처럼 쏘네요. 소녀가 생전 처음 보는 수법이에요."

요미랑은 감탄하며 주절거렸다.

그런데 그 말이 무공을 아는 말투라 나는 피식 웃었다.

"고맙구나. 요미랑이 멋있다고 하니 내 어깨가 으쓱거리는걸."

"헤헤헤. 정말 멋졌어요."

순수한 눈망울로 배시시 웃는데 난 순간 아찔함을 느꼈다.

난 그런 요미랑의 머리를 쓰다듬으며 말했다.

"미랑아, 나를 보고 웃을 때는 절대 미혼술을 쓰지 말아라."

"죄송해요. 공자님. 우리는 웃을 땐 무조건 미혼술을 쓰라고 배워서 미혼술을 제거하고 웃을 수 없어요. 그럼 소녀가 웃지 않을까요?"

"아니야. 난 괜찮으니 웃어도 된다."

되지 않는 것을 억지로 하라고 하는 것도 요미랑에게 힘든 일이라 나는 포기하고 말았다.

"그런데 왜 갑자기 검을 던진 것이에요?"

그것이 요미랑 눈에도 이상하게 보였나 보다.

"응. 새를 잡으려고."

그 말에 요미랑이 혀를 쏙 빼며 말했다.

"소녀를 너무 어리게 보시네요."

나는 그 말에 뜨끔했다.

"무슨 말이니?"

"뭔가 이상해서 그런 거잖아요."

나는 요미랑의 눈썰미에 순간적으로 경계심이 일었다.

아무것도 모를 것 같은 순진한 눈망울을 하고 있지만, 환희각에서 온갖 수련을 다 받은 소녀였다.

내가 상상하는 것 이상의 수련이 있을 것이 틀림없는 곳에서 자란 아이인데 내가 너무 어리게 봤구나 싶었다.

"하하하, 아니야. 새를 잡으려고 그랬지."

멋쩍은 나는 웃음으로 얼버무렸다.

나의 어색함을 알아차렸는지 요미랑은 집으로 들어갔다.

확실히 별호대로 요사스런 구석이 있는 소녀였다.

나는 훌쩍 날아 나무 위로 올랐다.

그곳에는 아무런 흔적도 없었다.

비록 내가 과민하게 반응했다고 해도 이런 식으로 께름
직한 느낌을 없애는 것이 좋았다.

뭔가 조금이라도 미심쩍은 부분이 있으면 반드시 찾아
제거하는 생활을 오랫동안 해서 생긴 버릇이었다.

제 9 장
NEO ORIENTAL FANTASY STORTY
그림을 그리다

그 림 을 그 리 다

무영객 장두는 앞섶을 풀어헤쳤다.

온몸에 움푹 팬 자국이 한 두 군데가 아니었다.

그 정도라면 이미 뼈가 부러지고 피가 흘러야 정상이었다.

하지만 피 한 방울 흘리지 않았다.

그의 피부는 참으로 괴이했다. 딱딱해 보이는 피부로 목피(木皮) 같은 것으로 덮여 있었다.

"마신강호공(魔身罡護功)이 아니었다면 그 자리에서 죽을 뻔했구나."

장두는 지금도 반설웅이 던진 검에서 검기가 발출하며 자신을 덮치던 때를 떠올리면 소름이 돋았다.

마신강호공의 화후가 낮았다면 그 검기에 구멍이 숭숭 뚫려 죽었을 것이다.

"믿을 수 없어. 어떻게 내 존재를 감지할 수 있지?"

지금까지 자신의 존재를 감지한 자는 없었다.

아무리 뛰어난 은신술을 지녔다고 해도 인간에게는 지울 수 없는 두 가지가 있다.

하나는 냄새고 또 하나는 온기였다.

그 어떤 은신의 대가라 해도 이 두 가지를 제거한 자는 없었다.

하지만 무영객 장두는 마신강호공을 대성해서 온몸에 나무껍질 같은 철포삼을 두르는 데 성공했다.

이 덕분에 피부를 통해 발출하는 냄새를 막을 수 있었고 온기도 막을 수 있었다.

반설응이 무영객 장두의 혈기류를 느끼지 못한 것은 바로 이러한 점 때문이었다.

인간이 온기와 체취를 숨길 수 있다면 그것보다 뛰어난 은신술은 없었다.

무림에서 이것을 이룬 이는 무영객 장두가 유일하다고 할 수 있었다.

그런데 반설응이란 자는 정확히 자신이 있는 곳에 눈길을 던졌다.

우연히 어쩌다 고개를 돌리다 시선을 마주친 것이 아

니었다.

정확하게 자신이 앉은 자리에 시선을 두고 기척을 찾는 눈길에 무영객 장두는 생전 처음으로 긴장감을 맛보았다.

'과연 부맹주가 신경 쓸 만한 자야.'

반설웅이 어려 방심하다가 당할 뻔하지 않았던가.

'이런 놈은 더 크기 전에 확실히 죽여야 후한이 없어.'

사실 무영객 장두는 서 장로가 영입한 후기지수 하나 가지고 부맹주 고학이 자신에게 암살을 맡긴 것을 두고 어이가 없었다.

그런 아이 정도는 혈웅맹의 암혈각 무영이 처리해야 하는 것이다.

그런데 자신에게 암살을 지시하다니.

처음에는 자신을 무시한다고 생각했다.

그 정도 후기지수는 혈웅맹에는 셀 수 없을 정도로 널렸으니 하는 말이었다.

그래서 잠깐 염탐을 하려고 왔다가 북망산에 오를 뻔했다.

장두는 반설웅을 반드시 죽여야 하는 인물로 수정했다.

장두는 자신의 모든 역량을 동원해 반설웅을 죽일 결심을 했다.

생각보다 시간은 빠르게 지나갔다.

이틀 동안 몽운각을 정리하고 내 취향대로 집을 꾸미는 데 빠져 시간이 어떻게 가는지 몰랐다.

몽운각에서 다른 사람들 방해 없이 백랑과 같이 노는 시간만으로 나는 평온한 시간을 보냈다.

마도의 중심이라고 하는 혈웅맹에서 오히려 마음이 안정되어 나는 혹시 천생 마도인으로 살아야 했던 것이 아닌가 하는 생각을 하기도 했다.

이제는 몽운각에 더 손 볼 것도 없고 정리할 것도 없을 정도로 내 마음에 들었다.

서룡이 마음대로 쓰라고 한 거처니 내 마음대로 고치고 손 본 것이다.

꽤 많이 움직인 탓인지 피로를 느낀 나는 요미랑이 해준 저녁을 먹고 일찍 침실로 들어갔다.

그때 나는 침실에 누군가 와 있는 것을 느끼고 조심스럽게 살폈다.

방문도 하지 않고 침입하다시피 들어 온 것이라 기분이 나쁘기도 했지만, 이곳이 혈웅맹이니 그러려니 했다.

그리고 화를 낼 수도 없었다.

침입자가 내가 잘 아는 당소소였기 때문이었다.

당소소는 침소에 앉아 있다가 내가 들어오는 것을 보고 입을 열었다.

"참으로 사람 인생은 모르는 것 같아요. 소녀는 반 소협을 다시는 볼 수 없을지도 모른다고 생각했거든요. 그런데 반 소협이 혈웅맹 사람이 되다니. 정말이지 이 소식을 듣고 얼마나 놀랍고 기쁘던지. 바로 달려올까 하다가 아무래도 이곳을 감시하는 눈들이 많을 것 같아 지금까지 참았어요."

나를 보기 위해 몰래 잠입해온 당소소를 탓할 수 없었다.

나도 그녀를 보자 반가운 마음이 컸다.

당소소는 내게 다가와 유혹의 눈길을 보냈다.

그 눈빛의 의미를 알지만 나는 의자에 앉았다.

"나도 반가워. 그런데 지금 입맹하자마자 여자를 취한다고 알려지면 결코 내게 좋은 소리는 나오지 않을 거야. 입맹하고 시간이 좀 지나면 그때 만나자."

나는 그녀에게 차분하게 말했다.

뭔가 서운한 표정을 지은 당소소는 내 말을 듣고 고개를 끄덕였다.

"맞아요. 그런데 제게 반말을 했던가요?"

당소소와 헤어질 때만 해도 그녀에게 말을 놓지 않고 존대를 해주었다.

언제 만날지 모르는 여인에게 하대할 수 없었다.

"왜? 불편하면 존댓말을 해줄까?"

"아니요. 전 이게 더 좋아서요."

당소소는 다가와 내 품에 안겼다.

다른 것을 원하지 않고 잠시 그렇게 내 품에 안겨 있다
가 떠났다.

확실히 당소소는 현명한 여인이었다.

남자가 원하는 것을 들어줄 주 알고 무엇을 원하는지 정
확히 알고 있었다.

나는 당소소를 보고 나자 문득 고결하가 떠올랐다.

'언젠가는 만나야 할 텐데.'

하지만 나는 서두를 것 없다고 생각했다.

'나도 아직 자리 잡지 못했는데 고결하에게 내 정체를
말해서 상황을 복잡하게 만들 필요가 없지.'

내가 고결하에게 정체를 밝히기 껄끄러운 점이 있었
다.

고결하는 내가 종가장 출신임을 알고 있는데 내가 옥소
마군임을 알면 필시 그 영악한 여인이 그 점을 이상하게
여겨 내 뒷조사를 할 것이다.

암혈전 소속 암혈각 부각주로 있으니 내 조사를 치밀하
게 할 수 있었다.

그렇게 되면 고결하에게 거짓말로 둘러댄다고 해도 언
젠가는 들통 날 수 있었다.

그 생각을 하면 차라리 고결하에게 내 정체를 숨기는 게

낫지 않나 하는 생각을 했다.

"지금은 여자에게 신경을 쓸 때가 아니다."

나는 마음을 가다듬고 가부좌를 틀고 앉았다.

그러고 나서 구중을 양손으로 쥐고 운기를 하기 시작했다. 서늘한 구중의 기운이 몸으로 스며들었다.

서륭이 몽운각을 방문했다.

그동안 바쁜 탓인지 사흘 동안 보이지 않다가 몽운각에 들린 것이다.

후원 정자에 차를 놓고 마주 앉았다.

"노부가 지낼 때는 어쩌다 가끔 와서 휴식만 취해서 휑한 느낌이었는데 자네가 들어와 사니 이제야 사람 사는 집 같으이."

"좋은 장원입니다. 제게는 과분한 거처입니다."

"그게 무슨 소리인가! 이것보다 더 좋은 거처를 마련해주지 못해서 미안하거늘."

잠시 서로 안부를 묻고 차를 마시고 나자 서륭이 서서히 본론을 꺼냈다.

"그동안 노부가 이곳저곳 자네 이야기를 많이 하고 다녔네. 내일 연회에서 여러 영웅에게 자네를 선보이기 전에 거부감을 줄여보려고 노부가 좀 떠들고 다녔지."

나는 그가 말을 하길 기다렸다.

"자네는 노부가 왜 자네를 영입하려고 하는지 그 이유를 아는가?"

"짐작은 하고 있으나 서 장로님의 높은 뜻을 알지 못하고 있습니다."

서륭은 빙긋 웃더니 곰방대를 탁자에 대고 탁탁 쳤다.

연초를 구했는지 보이지 않던 곰방대를 다시 꺼내 들었다.

"노부는 자네가 마도인이면서 의협을 구하는 것 같아 마음에 드네. 마도인이라고 어찌 의협심이 없겠나. 패도를 추구하다 보니 의협이 등한시되는 것이지. 정파 무인만이 의협을 추구하는 것은 아니네."

나는 서륭이 무슨 말을 하려고 서론을 길게 끌고 가는지 궁금했다.

"노부가 자네를 높이 사는 것은 바로 그 점이네. 옥소마군이라는 점. 마도의 고수가 협객이기 어려운데 자네는 마도의 협객이 되었지. 자네의 사부 백랑비마가 그랬듯이 말이야."

서륭은 곰방대를 시원하게 한 번 빨고 내뱉었다.

알싸한 향이 느껴졌지만 종가장의 연초는 아니었다.

"현재 본 맹은 많은 변화가 있었네. 본 맹의 많은 무사는 예전처럼 패도를 추구하는 것에 지친 편이네. 백도와의 전쟁에 지친 탓이 크지. 그래서 어떤 면에서는 자네 같은 인물이 그들에게 매력적으로 보이는 것이네."

나는 조용히 말했다.

"말씀이 길어지는 것을 보니 소생에게 말하기 어려운 것이 있나 보군요."

서륭은 나를 보고 곰방대를 한 번 빨았다.

"노부 말을 듣고 곡해하지 않았으면 하네. 노부는 자네를 접하고 나니 자네가 무척이나 탐이 났네. 그래서 자네가 내 제자가 되어 노부가 맹주가 되는데 도움을 주었으면 하는 것이네."

나는 모른 척 물었다.

"서 장로님에게 제자가 많은 것으로 알고 있습니다."

"많았지. 그런데 일전에 계곡에서 고맹의 습격으로 태반을 잃었네. 그리고 남은 제자라고 해봐야 자네의 발뒤꿈치에도 미치지 못하지."

"설마하니 그럴 리가요. 겸손하신 말씀입니다."

"아니야. 노부는 알고 있네. 자네가 아직도 자신의 실력을 감추고 있는 것을. 노부는 자네가 육문비와 초량을 격파하는 모습을 보고 자네가 가진 재주를 모두 내비치지 않았다는 것을 느꼈지. 그 두 사람을 이길 후기지수는 본 맹에도 없네."

"운이 좋았습니다."

"허허허, 그 두 사람이 어떤 사람인데. 운이 좋다는 것만으로 불가능한 일이지. 자네만 나를 도와준다면 노부가 맹주가 될 것이고 향후 차기 맹주는 자네를 밀어줄 것이네."

나는 조금 당황했다.

서룡이 나를 맹주 후계자로 올려 놓고 내가 맹주가 되면 자신이 태상이 되려고 하는 줄 알았다.

하지만 지금 보니 서룡은 당대에 자신이 혈웅맹 맹주가 되려고 하고 있었다.

"저의 힘이 도움될까요?"

나는 돌려 말하며 서룡의 의중을 떠보았다.

"그게 무슨 말인가. 자네가 노부에게 합류하면 몇 가지 효과가 있네. 맹주 후보자들이 노부에게 합류한 자네에게 신경을 쓸 때 나는 다른 계획을 추진할 수 있지. 그리고 자네가 소맹주 후계자를 차지할 수 있는 실력이 있으니 그들은 어떡하든 자네를 견제할 것이네. 그러니까 적들의 시선을 자네가 끌어 주면 노부의 활동이 편해질 것이네."

나는 이제야 확실히 서룡의 의도를 파악할 수 있었다.

무엇 때문에 나를 영입하려고 하는지. 제자로 삼으려고 하는지.

"그런데 소생이 궁금한 것이 있습니다. 현재 혈웅맹 맹주가 살아 계시는데 어째서 맹주 후보자를 경선하려는지 알 수 없습니다."

아무리 육극이 유명무실하더라도 혈웅맹은 맹주가 살아 있는 한 맹주를 재선출하지 않았다.

그래서 나는 소맹주 후계자로 나를 밀어 보려고 서륭이 영입하려고 한다고 생각한 것이다.

그런데 지금 말을 들어보니 소맹주 후계자는 뒷전이고 맹주 후보자가 되려고 하는 것이 아닌가.

"음. 아직은 자네가 본 맹에 입맹식을 한 것은 아니나 내 사람이라고 생각하니 솔직히 털어놓겠네. 본 맹의 맹주 육극은 얼마 전부터 의식을 잃고 쓰러졌네. 자네도 알 것이네. 맹주가 불사환을 복용하고 불사의 힘을 가지려다 그 힘을 극복하지 못하고 쓰러진 것이지. 의원들의 말을 들으면 회생할 수 없다는구만. 그래서 지휘부는 올해 안으로 육극이 죽기 전에 새 맹주를 선출하려고 하는 것이네. 이것은 극비이네."

나는 고개를 끄덕였다.

최근 들어 혈웅맹의 공세가 약해졌다고 생각했는데 그것에는 다 이유가 있었다.

육극이 쓰러지자 혈웅맹은 새 맹주 선출을 위해 전선을 축소한 것이다.

혈첩부에서는 그 이유를 찾기 위해 동분서주했는데 이제 보니 그 이유가 육극에게 있었다.

서륭이 내 눈치를 한 번 보더니 입을 열었다.

"흑사문 문주 범척은 성공한 것으로 아네. 그래서 육문 비는 범빙이란 의원을 본 맹으로 데리고 오려고 노력하는 것 같네. 그런데 함부로 움직일 수 없는 게 범빙을 본 맹으로 데리고 오려고 하면 고학이나 우리가 가만있지 않을 것임을 알고 있는 것이지. 모르긴 몰라도 범빙이란 의원은 이곳으로 오다가 죽을 것이네."

나는 침착하려고 했지만 범빙이 이 일에 개입될 수도 있다는 생각이 들자 속으로 당황했다.

"범 소저가 치료하면 맹주를 살릴 수 있을 것입니다."

"그러니까 그게 문제네. 그러니 범빙을 죽이려고 할 테지."

마치 자신은 그러지 않을 것처럼 말하는데 서륭은 필시 범빙이 오겠다고 하면 그 중간에 암살하고도 남을 위인이었다.

마도인들은 철저하게 자신의 이익을 따르기 때문이었다.

내가 서륭을 보고 담담하게 말했다.

"그건 더 고려해봐야 할 문제 같습니다. 범 소저 같은 경우 잘만 이용하면 우리에게 훨씬 유리하게 작용할 겁니다."

"그건 왜 그런가?"

나는 지금 떠오른 생각을 말했다. 그런데 방금 생각한

것치곤 괜찮은 계획이었다.

"혈웅맹에도 맹주를 지지하는 세력이 반드시 존재할 것입니다. 지금은 드러내지 않을 뿐이지."

"그렇지. 있네. 육극이 저리 쓰러지고 수면 아래로 가라 앉았을 뿐이네."

"그렇겠지요. 혈웅맹의 맹주가 허수아비가 아닐 테니까요. 지지세력은 존재합니다. 그러면 우리가 범 소저를 통해 육극을 살린다면 어떨까요?"

"육극을 살리면 우리에게 불리하지."

서룡은 대번에 반대의사를 표현했다.

"그게 아닙니다. 육극을 살린다고 해도 육극은 살아 있을 뿐 무인으로서는 살 수 없습니다. 불사환의 부작용은 생각보다 큽니다. 그런데 육극을 살리는 조건으로 맹주파를 서 장로님 파로 흡수한다면 힘의 균형은 당연히 서 장로님에게 기울 것입니다."

"오! 그 생각은 해 보지 않았네. 확실히 자네 말에 일리가 있어."

"그러니 부맹주파가 범 소저를 죽이려고 하면 우리가 그녀를 지켜서 데리고 와야 하죠."

"그건 아직 확정된 것은 아니야. 맹주파도 지금 그 문제를 거론만 했을 뿐 이행하려고 하지 않고 있네. 조용히 지켜보는 중이지."

나는 범빙 이야기가 나온 차에 그녀를 살릴 궁리를 한 것이다.

"이야기가 엉뚱한 데로 샜군. 노부가 말하려고 하는 요점 두 가지가 있네. 우선 자네가 내 제자가 되어 위치를 확보하려면 공을 세워야 하네. 그렇지 않으면 그냥 외부 인사를 영입한 것밖에 되지 않아."

"공을 세우려면 어떻게 해야 합니까?"

내가 묻자 서룡이 대답했다.

"노부 생각엔 혈옹맹의 문도들에게 인정을 받으려면 전투에 나가 승리하는 것이네. 최근 가장 치열한 전선에 참가해서 구천맹에 승리를 하는 것이지. 소맹주 후보자 선출은 아직 시간이 많이 남아 있네. 그 시간 안에 전투에서 몇 번 승리하면 되는 것이지."

"저 혼자 전투를 할 수 없는 노릇이고. 무슨 복안이 있습니까?"

나는 우선 서룡의 말을 따라가며 의중을 캤다.

"최근 전멸한 전투단체 몇 개를 하나의 단체로 만들었네. 그들을 자네가 이끌고 성과를 보여줬으면 하네."

서룡은 내 생각보다 더 큰 그림을 그리고 있었다.

"자네가 할 일이 많네."

나는 씁쓸하게 웃었다.

"소생은 그냥 혈옹맹의 식객으로 있을까 해서 왔는데

제게 많은 기대를 하시는군요."

나도 알고 있었다. 혈응맹에서 밥만 먹고 있어서는 사람들에게 인정받지도 내 입지를 다질 수 없다는 것을.

마도는 패기와 실력을 보여줘야 사람이 따르는 법이었다.

정파 무림이야 무공도 무공이지만 먼저 인품이 따라줘야 사람이 모이지만 마도는 그와 달랐다.

자신을 지휘할 수 있는 실력이 있어야 따랐다.

마도인은 자신보다 약한 자를 따르는 것을 치욕으로 여겼다.

그래서 나도 어느 정도 실력을 보여줘야 한다는 사실을 알고 있었지만, 전투단체를 이끌고 나가 전투를 해야 한다는 것은 생각해 보지 않았다.

'내가 생각하는 것보다 더 농밀하게 맹주 쟁탈전을 벌이는 것 같구나.'

그렇지 않으면 이렇게 무리한 것을 요구할 리 없었다.

"이 문제는 좀 더 생각해 봐야 할 것 같습니다. 소생이 무력단체를 이끌게 되면 분명 저를 못마땅하게 여기는 자들이 있을 것입니다."

"그건 그렇지 않네. 기존에 있는 무력단체를 자네에게 주면 모를까, 지금 현재 그곳을 맡으려고 하는 고수가 없는 실정이네. 패잔병들을 모은 단체의 단주가 되려고 하지 않지. 그러니 자네에게 안성맞춤이라고 할 수 있네."

서룡은 어떡하든 내게 그곳을 맡기려고 애쓰고 있었다.

"제가 꼭 그렇게 해야 하는 이유가 있습니까?"

서룡이 그리는 그림이 정확히 어떤 것인지 알아야 대처할 수 있기에 물었다.

"현재 본 맹에는 젊은 무사들의 불만이 팽배해 있네. 그들을 영도할 만한 인재가 없기 때문이지. 이런 난세에는 말일세. 뛰어난 기량을 가진 젊은 영웅에게 빠져드는 법일세. 노부는 그 젊은 영웅이 바로 자네라고 생각하는 것이고."

"혈웅맹에는 저 말고도 뛰어난 후기지수들이 많지 않습니까?"

"있지. 생각보다 많네. 그런데 그들은 실력을 갖추고 있으나 존경할 만한 성품이나 인덕을 가지지 못했네. 전형적인 마두들인게지. 자네는 마도라고 해서 인품을 보지 않는지 아나? 그게 아니네. 마도인들이 더욱 의리와 인정을 따지는 법이지. 그것 때문에 끝까지 상관을 모시네. 마도인들이 무엇 때문에 충성을 맹세한 자에게 목숨을 바친다고 생각하나? 공포? 금제? 아니야. 그들은 자신이 충성을 맹세할 만 자에게 목숨을 바치네. 그런데 그런 젊은 영웅들은 이미 전쟁에 나가 죽고 없네. 그러다 보니 쭉정이만 남은 거지. 그런 그들을 마도인들이 충성할 것 같아? 아니야. 마도인들도 영웅을 좋아하는 법이네. 바로 자네 같은 마도의 협객을 말일세."

서륭의 말인즉슨 내가 혈웅맹 젊은 무사들의 우상이 되라고 하는 것이다.

나도 그의 말에 일견 동의했다.

어느 조직이나 그들을 통합시킬 영웅은 필요한 법이다.

그런데 그런 영웅이 내가 될 것이라고는 생각해 보지 않았다.

'난 좀 더 생각을 고쳐먹어야겠구나. 단순히 맹주가 되겠다가 아니라 어떡하면 맹주가 될 것인지 면밀히 검토해 볼 필요가 있어.'

나는 서륭의 열정 어린 눈을 보며 말했다.

"그러니까 서 장로님은 소생이 혈웅맹의 젊은 무사들의 인망을 얻어 그 힘을 장로님께 보태길 바라시는군요."

"내 말의 요지가 그러네. 그래서 자네가 자네의 능력과 실력을 보여줘야 한다는 것이고. 그것 때문에 자네가 전투에 나가 직접 그것을 증명해야 한다는 것이네."

서륭은 자신이 맹주가 되기 위해 오랫동안 계획을 짜온 것 같았다.

그냥 즉흥적으로 맹주가 되겠다고 생각한 것이 아니었다.

'나쁠 것 없지. 이런 계획성을 가진 사람이라면 맹주가 되고도 남아. 그리고 나중에는 그를 이어 내가 맹주가 되면 되는 것이고. 아니면 그를 몰아내고 내가 맹주가 되던지.'

나도 서서히 그림이 그려지지 시작했다.

제 10 장
NEO ORIENTAL FANTASY STORTY
한 번 죽다

제 10 장
한 번 죽다

"이틀 후에 자네를 위한 연회를 베풀 것이네. 그때 장로원으로 오시게. 유시(酉時)부터 시작하니 그때 오면 되네."

서룡은 그 말을 끝으로 자리를 떠났다.

나는 그를 배웅하고 돌아와 앉아 많은 생각을 했다.

혈웅맹의 맹주가 되겠다고 하는 내 생각이 터무니없다는 것을 알고 있었다.

하고 싶다고 해서 마도의 중추에서 맹주가 될 수 있는 것도 아니었다.

하지만 나는 이제 느낄 수 있었다.

내가 원하면 뭐든지 될 수 있다는 것을.

내 안에서 절대자의 힘을 느끼고 있었다.

혈영체의 영향이라고 생각하는데 싫지 않은 느낌이었다.

그래서 나는 어떻게 될지 모르나 그 힘이 이끄는 운명대로 따라 볼 생각이었다.

그래서 나를 조롱하고 나를 이용하고, 나를 학대하던 모든 것에 대해 복수를 할 생각이었다.

서륭이 구천맹과 전투를 해야 하다고 했을 때 무의식적으로 나는 '어떻게 구천맹과 싸워.' 라는 생각을 했다.

아직도 내 안에서는 내가 정파인이라는 소속감이 남아 있기 때문이었다.

그러나 그것은 이제 나에게 아무런 의미가 없었다.

백도라는 것.

정파인이라는 것.

구천맹 소속이라는 것.

이 모든 것은 종가장이 무너지고 내가 배신당했을 때 사라지고 말았다.

그래서 나는 서륭이 가고 나서도 한 시진을 그 자리에서 꼼짝없이 앉아 있었다.

많은 것을 버리고 많은 것을 잊는 데 필요한 시간이었다.

"공자님. 손님이 오셨습니다."

후원에서 백랑과 뛰어놀고 있는데 요미랑이 와서 말했다.

어제 서릉이 방문하고 나서 다른 사람이 방문하는 것은 처음이었다.

"누구?"

요미랑이 약간 긴장한 모습으로 말했다.

"소맹주님이 오셨어요."

나는 요미랑의 말을 듣고 아직 내가 만나야 할 사람이 남아 있다는 사실을 깨달았다.

육문비는 몽운각 정문에 서서 나를 기다렸다.

"오래간만에 보는군요."

"그렇군요. 묵혈교 안휘 지부에서 본 후로 못 봤으니."

나는 그를 데리고 후원의 정자로 안내했다.

"아, 이곳도 반 소협의 손을 타서 그런지 많이 변했군요. 좀 생기가 넘쳐 흐릅니다."

후원은 잡초만 제거했을 뿐 서릉이 있을 때와 별반 달라지지 않았다.

"놀랐습니다."

의자에 앉자 육문비가 말을 꺼냈다.

"제가 혈웅맹에 온 것 말입니까?"

육문비가 조용히 웃었다.

"그것도 있지만, 범 소저 곁을 떠난 것 말입니다. 전 반 소협이 범 소저 곁을 떠날 것이라고는 생각하지 못했습니다. 삼천무에서 보여준 범 소저에 대한 그대의 충심을 보았기 때문이죠."

"그것에는 여러 사정이 있었습니다. 내가 범 소저 곁에 있으면 범 소저에게 더 안 좋은 상황으로 갈 수 있겠더군요. 할 수 없이 범 소저 곁을 떠날 수밖에 없었습니다."

"들어서 알고 있습니다. 구천맹 요인을 죽였더군요. 그것도 화산파 장로들 앞에서."

내가 구도기를 죽인 이야기는 모르는 사람이 없을 지경이었다.

"그럼 내가 혈웅맹으로 올 수밖에 없는 이유도 잘 아시겠군요."

육문비가 나를 직시하며 물었다.

"그런데 굳이 본 맹이 아니더라도 반 소협을 적극적으로 영입하려던 곳은 많았을 텐데요. 철흑맹도 그렇고. 백마교, 묵혈교도 반 소협에 관심이 많았던 걸로 알고 있습니다."

육문비는 내가 혈웅맹에 온 목적을 알고 싶은 것이다.

"우연히 서 장로님이 위기에 처한 것을 보고 구해드렸는데 다른 곳보다도 혈웅맹에 가면서 장로님에게 대접을 받을 수 있다는 생각이 들어서 왔지요."

그러자 대번에 육문비가 내가 던진 미끼를 물었다.

"그렇다면 반 소협. 제 제안을 들어보시겠소? 반 소협도 아시겠지만, 현재 본 맹은 부맹주파와 장로파로 갈려 내분을 겪고 있소이다. 하지만 아직 맹주님은 건재해 있소. 아실지 모르지만, 맹주님이 현재 지병 때문에 병석에 누워 있는데 그들이 이 틈에 새 맹주를 추대하려고 하는 것이오. 하지만 제 아버님은 곧 쾌차할 것이오."

나는 맹주가 왜 그리됐는지 알기에 대답할 수 없었다.

내가 대답하지 않자 육문비도 내가 사실을 알고 있다고 생각하는지 솔직히 말했다.

"아버님은 불사환이라는 기이한 영단을 복용하고 저리 되셨는데 그것을 범빙 소저가 고칠 수 있다고 들었소. 그래서 범빙 소저를 초청해 치료를 부탁할 생각이오."

육문비는 말을 하고 나서 내 눈치를 살폈다.

나는 담담하게 대답했다.

"그것도 좋은 방법 같습니다."

나는 그렇게 짤막하게 대답하고 말았다. 말이 많아져야 내 속내만 드러낼 뿐이었다.

"제 생각은 반 소협만 나를 도와준다면 맹주님이 본 맹을 다시 일으켜 세울 수 있다고 장담하오. 그리만 된다면 내 반 소협에게 모든 것을 내줄 것이오."

그것은 소맹주 자리라도 주겠다는 뜻이었다.

하지만 나는 그런 감언이설을 믿을 만큼 순진하지 않았다.

"저를 너무 높이 보시는군요. 그냥 저는 서 장로님의 식객일 뿐입니다."

"하하하, 혈웅맹의 눈이 지금 어디에 쏠려 있는지 아시오? 바로 이 몽운각에 쏠려 있소이다. 심지어 수문위사도 모였다 하면 바로 옥소마군에 대해서 거론하고 있지요. 옥소마군이 단시간에 이룬 업적은 대단하니까요."

"부담스럽군요."

내가 다른 말 없이 그의 말에만 무미건조하게 대답하자 육문비는 소득이 없다고 생각하는지 자리에서 일어섰다.

"오늘은 여기까지만 하고 그만 일어서야겠습니다. 다음에도 종종 들리지요."

"이 몽운각의 문은 항상 열려 있습니다."

육문비는 내게 포권을 하고 돌아섰다.

나는 육문비를 통해 제법 많은 정보를 얻을 수 있었다.

그것만으로도 충분히 육문비 같은 자를 만나는 것도 나쁘지 않았다.

나는 연회에 참석하기 위해 수욕을 하고 방으로 들어왔다.

옷을 입으려고 하는데 요미랑이 밖에서 말했다.

"공자님, 서 장로님이 옷을 보내왔습니다."

"그래? 거기에 놔두 거라."

하지만 요미랑은 문을 열고 들어왔다.

"아닙니다. 소녀가 입혀드리겠습니다."

드르륵!

나는 벌거벗고 물기를 닦는 중이라 허락 없이 들어온 요미랑을 물끄러미 쳐다보았다.

"내가 혼자서 입을게."

내가 고개만 돌린 채 말을 하자 요미랑이 고개를 저었다.

"소녀가 꼭 입혀드리고 싶습니다."

"허허."

맹랑한 요미랑의 말에 나는 어이없는 웃음을 터뜨렸다.

"쪼끄만 게. 넌 부끄럽지도 않느냐?"

"제가 해야 할 일 중 하나인데요. 뭐."

나는 요미랑의 손에서 옷을 빼앗아 들고 말했다.

"아직 넌 어려서 안 돼."

요미랑을 등지고서 나는 옷을 입었다.

"뭐가 어리다는 거예요? 전 환희각 소속 무인이에요. 이미 배울 건 다 배웠어요."

나는 옷을 모두 입고 돌아섰다.

"미랑아, 사람은 배움으로 배우지 못하는 것이 있는데 그것이 연륜이라는 것이다. 사람이 나이 들어가면 겪는 많은 희노애락은 학문으로도 실습으로도 배울 수 없다. 네가 배울 건 다 배웠다고 하지만 넌 아직 세월을 배우지 못했어."

나는 요미랑의 콧등을 살짝 잡고 놓았다.

"쳇!"

그러자 요미랑은 삐친 표정으로 나갔다.

며칠같이 지내다 보니 요미랑은 내게 시비가 아니라 어린 동생처럼 느껴졌다.

그러다 보니 요미랑이 나에게 친밀감을 표시하는데 난 아직 그 어떤 것도 믿을 수 없었다.

밖으로 나오자 요미랑이 기다리고 있었다.

"갔다 오마."

"아마도 많은 사람이 시비를 걸 거예요. 그때는 잘 대처해야 할 겁니다. 그렇지 않으면 연회가 개판이 될 거예요."

"걱정해 줘서 고마워."

내가 말하자 요미랑이 백랑의 머리를 쓰다듬으며 말했다.

"조심해서 다녀오세요."

"그래. 갔다 올 동안 백랑하고 놀고 있어."

나는 백랑이 계속 따라오려고 해서 꿀밤을 먹여서 돌려보냈다.

인간이 가장 방심하고 있을 때가 언제일까?

그것도 무인이.

간혹 초보 자객은 용변을 볼 때라고 생각해서 살해 대상이 용변을 볼 때 습격을 하기도 한다.

하지만 그건 정말 뭣도 모르는 것이다.

용변을 볼 때 오히려 암살 대상은 위험하다는 사실을 알고 있어 대비를 잘 할 뿐 아니라 용변을 볼 때 감각이 더 예민해져서 오히려 은신술을 더 잘 감지하는 경향이 있었다.

그래서 잘 나가던 자객도 그때 습격해서 반격을 받아 죽는 꼴을 자주 봤다.

그리고 여인과 잠자리를 하는 순간이 가장 방심하는 순간이라고 하는데 이것도 무식한 소리다.

제대로 된 자객은 용변 볼 때와 방사를 할 때는 절대 습격하지 않는다.

그때가 오히려 오감이 예민해져 주변환경에 민감하게 반응한다는 것을 알기 때문이다.

살수행의 통계를 보면 자객들이 이때 실패하고 죽는 확률이 높았다. 그 어느 때보다.

잘 몰라서 그런데 사람이 진짜 방심할 때는 따로 있다.

황당한 경우를 당할 때가 인간이 가장 방심할 때였다. 그때가 되면 아무리 고수라도 순간적으로 긴장이 풀린다.

'내가 수백 번의 살행에서도 한 번도 실패하지 않은 이유는 바로 이런 황당한 경우를 만들고 습격했기 때문이야.'

이 방법을 모르면 자객은 언젠가는 고수를 만나 죽는 운명이었다.

사람은 황당한 상황을 직면하면 저도 모르게 헛웃음을 터뜨리거나 잠시 당황하며 근육이 풀어진다.

무영객은 그 짧은 방심의 찰나의 시간이면 충분했다.

그것이면 상대는 무영객의 손에 이미 생을 마감한 후였다.

무영객 장두는 이 사실을 다시 한 번 상기하면서 살행계획을 음미했다.

무영객은 원로원으로 다가가는 반설응을 보며 빙긋 웃었다.

"네놈은 이제 죽었어."

그 말을 하고 손가락을 튕겼다.

그러자 무영객 옆에 있다가 무언가 벌떡 일어나더니 앞으로 튀어 나갔다.

하얀색의 커다란 늑대였다.

"내가 늑대를 구해서 하얗게 만드느라 며칠간 고생 좀 했지."

기련산에서 백랑의 크기만 한 늑대를 구하기는 어렵지 않았다.

하지만 털이 하얀 늑대를 구하기는 하늘의 별 따기였다.

그래서 할 수 없이 백랑과 비슷한 크기의 늑대를 잡아 털을 하얗게 탈색시켰다.

늑대가 반설웅을 향해 뛰어가다 말고 돌아서서 무영객이 있는 곳으로 달려왔다.

그때 반설웅이 하얀 늑대를 보고 소리쳤다.

"백랑아! 어디 가!"

반설웅이 자신의 늑대를 보고 백랑이라고 착각한 것을 보고 무영객은 회심의 미소를 지었다.

"됐어. 걸려들었어."

무영객은 반설웅이 늑대를 쫓아가는 것을 보고 조용히 뒤따랐다.

나는 백랑이 자꾸 어디론가 가기에 이상해서 따라왔다.

몽운각에 두고 온 백랑이 나를 몰래 따라온 것으로 생각했다.

장로원이 있는 남문으로 다가가다 작은 숲으로 들어가는 백랑을 보며 소리쳤다.

"백랑아! 어디 가!"

숲으로 들어간 나는 갑자기 어떤 자가 뛰어나와 백랑을 공격하는 것을 보고 깜짝 놀랐다.

그리고 백랑이 몇 번 펄쩍 뛰며 피하다 말고 놈의 휘두르는 칼에 찔려 쓰러지는 것을 보고 소리쳤다.

"무슨 짓이냐!"

급히 다가가 쓰러진 백랑을 보고 앉았다.

"백랑아!"

백랑의 머리를 들고 보는 순간 나는 당황했다.

백랑이 아니었다.

"어? 뭐지?"

나는 앞에서 칼을 들고 있는 자를 향해 고개를 드는 순간이었다.

그때 무언가 뜨끔한 것이 등을 찌르는 느낌이었다.

벌에 쏘인 것 같은 따끔함이 일었다.

고개를 돌리자 인기척을 전혀 느끼지 못했는데 한 사내가 서서 나를 보고 웃고 있었다.

그에게서 혈기류가 느껴지지 않았다.

"네놈!"

이 느낌이었다. 일전에 나무 위에서도 풍기던 그 이상한 이질감.

그것은 바로 이놈이었다.

"네놈이 전에 나무 위에 있었던 것이냐?"

"그래. 그때 잘못하면 죽을 뻔했지."

나는 왼쪽 가슴이 뻐근하게 아파 내려다보았다.

가느다란 대침이 한 뼘이나 삐져나와 있었다.

기다란 대침이 등에서 심장을 뚫고 나온 것이다.

전형적인 자객의 암살 수법이었다.

"난 무영객이라고 한다. 그래도 자신을 죽인 사람이 누
군지는 알고 죽어야지."

무릎이 절로 구부러졌다.

힘을 주려고 했지만, 온몸의 모든 힘이 풀려 아래로 쳐
지는 몸을 일으켜 세울 수 없었다.

"그게 죽음이야. 낯설겠지만 곧 익숙해질 거다. 내 손에
죽는 걸 영광으로 알아라. 애송이 놈."

두 무릎이 땅에 닿는 것을 느낀 순간 나는 갑자기 땅이
솟구쳐 오르는 것을 느끼며 큰 충격을 느꼈다.

그리고는 의식이 조금씩 사라졌다.

무영객은 반설웅의 시신 옆에 앉아 맥을 짚어 보고 죽음
을 확인했다.

심장과 맥이 완전히 사라진 것을 보고 미소를 지었다.

"이런 놈에게 내가 긴장했다니."

너무 싱거웠다. 비록 자신이 가장 잘하는 살인 수법으로

죽였지만 이렇게 맥없이 당할 줄 몰랐다.

그만큼 반설응이 백랑을 좋아한 까닭이었다.

백랑이 갑자기 죽었다고 생각하자 그만 모든 감각이 백랑에게 쏠리면서 무영객의 기척을 느끼지 못한 것이다.

"시신을 어떻게 할까요? 목을 잘라 증거를 확보할까요?"

무영객의 수하가 말하자 무영객은 잠시 생각하는 듯했다.

부맹주에게 반설응을 죽이라는 명령만 들었지 그 이후는 어찌하라는 명이 없었다.

부맹주는 일을 확실히 마무리하는 것을 좋아하는 성품이었다.

목을 잘라 가져가는 것이 가장 깔끔한 일 처리라고 생각했다.

"목을 잘라라."

"예."

수하가 목을 자르려고 칼을 드는 순간 몇 사람이 다가오는 기척이 들렸다.

무영객이 작은 목소리로 말했다.

"장로들이다. 우선 낙엽으로 시신을 감추고 나서 나중에 잘라라. 장로들이 없을 때 잘라 가져와라."

무영객은 그 자리에서 연기처럼 꺼졌다.

그리고 수하는 빨리 낙엽으로 반설응의 시신을 덮었다.

"무슨 일이냐?"

숲에 인기척이 있자 장로원으로 향하던 장로가 숲으로 들어왔다.

무영객 수하가 늑대 뒷다리를 집어 들며 말했다.

"이곳에 늑대가 돌아다니기에 죽였습니다."

"흠!"

장로는 육전(六殿) 중 군사전(軍師殿)을 책임지는 계운곡(階雲谷)이었다.

혈웅맹 최고 군사는 따로 있으나 군사전 책임자는 계운곡이었다.

"서 장로의 연회가 곧 있을 것인데 그런 축생들은 빨리 치워라."

"예."

무영객 수하는 늑대를 가지고 사라졌다.

계운곡은 이상한 느낌이 들어 숲으로 들어가려는 순간 뒤에서 누군가 다가왔다.

"계 장로, 예서 뭐하는겐가?"

"아, 유 장로. 지금 오는가?"

"서 장로가 베푸는 연회라고 하니 안 올 수 없지."

유 장로라 불린 노인은 호위전(護衛殿) 수장 유표(劉標)였다.

계운곡은 숲에 들어가 조사할 생각을 관두고 유표와 함께 장로원으로 들어갔다.

무영객의 수하는 계속해서 전주와 각주들이 등장하자 움직이지 않고 반설웅의 시체를 처리할 기회를 엿보았다.

그러다 잠시 틈이 생기자 반설웅의 시신을 가지고 장로원과 가까운 창고로 들어갔다.

무영객의 수하는 비수를 반설웅의 목에 갖다 대었다.

그때 갑자기 죽은 반설웅이 눈을 번쩍 떴다.

"헉!"

무영객 수하는 평생 이렇게 놀란 적이 없었다.

죽은 사람이 눈을 번쩍 뜨고 자신의 손목을 잡고 꺾었다.

콰드드득!

손목이 탈골되어 비수를 놓쳤다.

"크흑!"

무영객 수하는 맥없이 당하지만은 않았다.

퍽!

우장으로 반설웅의 가슴을 후려치고 물러났다.

그 와중에도 반설웅의 가슴을 칠 정도면 대단한 반응이었다.

하지만 장력을 맞고 움푹 들어간 반설웅의 가슴이 서서

히 다시 부풀어 올라 멀쩡하게 변했다.

"이. 이게. 무, 무슨 사술이냐."

무영객 수하는 눈알을 요리조리 굴리며 도주할 기회를 잡았다.

자신의 전신 공력을 끌어 올려 후려친 장력마저 무용지물로 만드는 놈을 상대로 싸울 수는 없었다.

뿌드득! 뿌드득!

반설응이 목을 좌우로 꺾으며 방금 일어난 사람처럼 기지개를 켜는 모습을 보고는 그대로 창고 문으로 몸을 날렸다.

퍽!

하지만 갑자기 무언가 자신의 발목을 낚아채는 바람에 그대로 바닥으로 떨어졌다.

무영객 수하가 돌아보자 투명한 줄이 자신의 발목을 감고 있었다.

반설응이 경근사로 무영객 수하의 발목을 잡아챈 것이다.

"다시 살아난 느낌은 정말 엿 같군. 너도 이런 기분을 느껴 봤으면 좋겠어."

무영객 수하는 지옥의 사신이 말하는 것 같아 그만 오줌을 찔끔거렸다.

나는 죽었다가 다시 살아난 것을 깨달았다.

눈을 떴을 때 죽기 전 기억이 생생히 떠올랐다.

무영객이 뒤에서 심장을 찌른 그 순간이 주마등처럼 지나갔다.

그 순간 나는 과연 천하제일살수 다운 암습이라고 생각하기도 했다.

그가 아니면 누가 있어 혈기류를 감지하는 내 이목을 피해 접근해서 암습할 수 있을까.

"다시 살아나? 심장을 살짝 비껴간 것 같은데 헛소리를 다 하는군."

무영객 수하는 그렇게 생각하는 것 같았다.

놈이 다시 도주하려고 하자 나는 경근사를 잡아당겨 끌어와서 오른발로 놈의 아랫배를 밟았다.

퍼억!

"크억!"

정확히 놈의 단전을 밟아 진기를 흐트러뜨렸다.

다시 살아난 것까지는 좋았다.

그런데 문제는 그 미칠듯한 갈증이었다.

그것도 피의 갈증.

지금 무영객 수하의 몸속에 든 혈액을 모두 마셔야 갈증이 해소될 것 같은 느낌이었다.

하지만 나의 의식은 그것만은 안된다고 계속 억제를 하

고 있었다.

혈첩수련을 통해 얻은 인내심이 아니었으면 나는 벌써 놈의 피를 빨아 먹고 있을지도 모를 일이었다.

나는 놈의 몸을 점혈하고 나서 피의 갈증을 해소하기 위해 마체역근경을 운용하며 운기했다.

마체역근경은 불사환을 복용하고 나서 생기는 피의 갈증을 해소하기 위한 운기법이라는 사실을 다시 한 번 확인했다.

마체역근경을 한 차례 운기하고 나자 피의 갈증이 사라졌다.

그리고 또 하나의 놀라운 사실을 깨달았다.

상처가 빠르게 사라졌다는 사실이었다.

가슴에 작게 뚫려 있던 구멍은 새살이 돋아나 있었다.

그런데 한 가지 사실은 사라지지 않았다.

'내가 한 번 죽었다는 사실이지.'

만약 내가 불사환을 복용하지 않았다면 무영객의 암습에 나는 죽고 말았을 것이다.

'조심해야겠어. 이곳이 다른 곳도 아니고 혈웅맹이라는 사실을 내가 잠시 망각했던 거야.'

앞에서 미소 짓고 있다가 뒤에서 거리낌 없이 칼질할 수 있다는 곳임을 잊고 있었던 것이다.

혈웅맹의 평온한 겉모습에 크게 방심한 내 실수였다.

나는 연회가 시작된 것을 알고는 무영객 수하를 옆구리
에 끼고 창고를 나왔다.

제11장
NEO ORIENTAL FANTASY STORTY
죽여 주지

제 11 장
죽여 주지

장로원의 연회장은 장로원 삼 층에 마련되어 있었다.

이미 혈웅맹 오원육전칠각의 주요 인사 수십 명이 장로원의 연회장에 들어차 있었다.

이들은 모두 십 장이나 되는 긴 식탁에 앉아 서룡의 입을 쳐다보고 있었다.

미리 와서 기다려야 할 옥소마군이 코빼기도 보이지 않아 서룡이 화제를 돌려 말하기를 일 다경이 넘었다.

이제는 옥소마군이 나타나지 않았다는 사실을 눈치채기에 충분한 시간이었다.

곤혹스러운 표정으로 연신 뜨거운 차를 연거푸 마시는 서룡을 부맹주 고학과 무영객은 히죽거리며 쳐다보고 있었다.

'아무리 기다려봐라. 놈이 오나. 놈은 이미 죽어 땅에 묻혔을 것이다.'

다른 누구보다 고결하는 옥소마군이 등장하기를 기대했다.

그가 혈웅맹에 왔다는 소식을 접했지만 먼저 가서 인사하는 것이 싫었다.

이상하게 그에게 신세를 진 것이 있으면서도 먼저 고개를 숙이고 싶지 않았다.

어찌 보면 생명의 은인인데 먼저 가서 인사를 하는 것이 예의이겠지만 고결하의 자존심은 그것을 허락하지 않았다.

그래서 오늘 연회에서 입맹식을 한다는 말을 듣고 인사를 할 기회라고 여겼다.

그러면 자신의 자존심도 세우고 예의도 차릴 수 있다고 생각했다.

그런데 그런 옥소마군이 미리 와서 여러 군웅에게 인사를 해야 했는데 보이지 않았다.

벌써 옆에서 부맹주파의 장로들이 하는 말이 흘러나왔다.

"막상 입맹하려니 겁이 나서 도망간 것 같은데."

"어디서 그런 근본 없는 것을 들이겠다고 서 장로가 수선을 떨더니 망신살이 뻗쳤군."

혀를 차는 장로들까지 생겼다.

일 다경 정도 더 기다려도 옥소마군이 안 오면 서릉은 궁지에 몰릴 것이다.

어쩌면 이번 일로 오원에서 추궁당할지도 모를 일이었다.

대대적으로 오원의 주요인사를 모아놓고 허탕을 치게 만든 실수를 물고 늘어져서 서 장로의 입지를 떨어뜨릴 것이 분명했다.

그렇게 되다 보니 서 장로를 지지하는 장로들은 눈치를 보기에 바빴다.

식은 차가 쓰게 느껴질 즈음에 부맹주 고학이 자리에서 일어났다.

"먼저 기다려서 인사를 해도 부족할 판에 본좌들이 옥소마군이란 애송이를 더 기다려야 하오?"

부맹주는 힘을 실어 서릉에게 말했다.

중주원을 대표해서 참석한 호법 권돈(權敦)과 육문비는 눈살을 찌푸렸다.

이 모든 것이 고학의 의도대로 흘러가는 것 같기 때문이었다.

'아무래도 그에게 변고가 일어난 것 같구나.'

육문비는 이 시간까지 나타나지 않는 옥소마군을 생각하며 고학의 표정을 살폈다.

고학이 여유를 부리며 웃고 있던 모습을 보니 확실했다.

군사전의 전주 계운곡과 군사 독고성(獨孤聖)은 아직까지 중립을 지키고 있어 어느 쪽에도 힘을 실어 주지 않았다.

혈웅맹 역사에 있어 언제나 군사전은 중립을 지키는 전통을 가지고 있었다.

군사전이 한 쪽에 힘을 실어 주면 그때는 일방적으로 힘의 균형이 깨지기 때문이었다.

그래서 다른 조직은 몰라도 군사전만은 철저하게 중립을 지키는 쪽을 택했다.

육전의 총관전(總管殿)의 전주이며 혈웅맹의 총관인 호번(浩繁)은 참지 못하겠다는 듯 벌떡 일어섰다.

그는 부맹주 고학의 오른팔로 알려진 자였다.

"기다릴 만큼 기다렸소. 우리를 바보로 아는 자를 본 맹에 입맹시킬 수 없소. 아니면 이미 도주해서 기련산을 벗어났을 수도 있겠군. 이 모든 것을 서 장로께서 책임을 지셔야 할 것입니다."

평소 서륭에게 큰소리 한번 치지 못하는 위인이 이번에는 기세등등하게 말했다.

서륭은 어이가 없어 실소만 나왔다.

'이 새끼들이 무슨 수작을 부린 것이 틀림없어. 그렇지 않으면 저 여우 같은 호번이 저렇게 나댈 리 없지.'

서룡은 자신이 너무 안일하게 대처했다는 생각을 지울 수 없었다.

놈들의 방해가 있다 해도 옥소마군이라면 모두 타개할 것이라고 믿었던 것이다.

그래서 그에게 비밀 호위단을 붙여주려는 것도 거두었다.

잠깐이지만 혈웅맹의 현실을 깨닫게 해주기 위함이었다.

그런 배려가 이런 현실로 드러나게 될지 몰랐다.

'내가 너무 옥소마군을 과대평가한 것인가?'

서룡은 이렇게 시간을 끌면 자신의 입지가 현격하게 축소될 것을 알고 사과하며 마무리를 지을 때가 되었음을 깨달았다.

'어쩔 수 없군. 지금은 내가 한발 물러날 수밖에.'

서룡은 쓴웃음을 지으며 자리에서 일어났다.

"좋은 후기지수를 만나 본 맹에 영입을 하려고 했으나 부득이 노부의 실수를 인정하지 않을 수 없게 되었소."

"이번 일은 없던……."

그 말을 막 꺼내려는 순간 원로원 연회장 문이 활짝 젖혀졌다.

쾅!

한 사내가 무사를 어깨에 둘러메고 천천히 걸어 들어왔다.

서륭은 장내로 들어오는 반설웅을 보고 어찌 된 사연인지 짐작이 되었다.

"늦어서 죄송합니다. 부득이 약속한 연회 시간을 지키지 못했습니다."

연회석에 나타난 반설웅은 여러 장로와 명숙들에게 포권으로 인사를 하고 말을 이었다.

"소생이 이 자리에서 한 마디 드려도 되겠습니까!"

"어디서!"

반설웅에게 질책하려던 호번이 그의 눈을 보고는 찔끔했다.

옥소마군의 눈길에 기세가 꺾였다.

서륭이 얼른 말을 받았다.

"말을 해보게. 어찌 된 일인지. 그리고 자네 어깨 위의 물건은 또 무엇인지."

자리에 앉은 많은 사람 중에 부맹주 고학의 미간이 찌푸려졌다.

그리고 그는 자신의 옆에 있는 무영객을 슬쩍 쳐다보았다.

고학은 무영객이 살면서 그렇게 놀라는 눈빛은 처음 보았다.

무영객의 지금 얼굴은 오래전부터 혈웅맹에서 유지하고 있는 얼굴이나 그것이 진면목이 아님을 알고 있었다.

그전에도 이미 몇 차례 다른 얼굴을 보아온 까닭이다.

하지만 눈빛은 익히 알고 있었다.

이십여 년 동안 접했으니까.

무영객 장두는 반설웅의 심장을 관통한 기다린 대침을 통해 전해지던 심장의 박동을 분명히 기억하고 있었다.

대침이 심장을 뚫었다는 것은 의심할 여지가 없었다.

'그런데 살았어? 어떻게? 이런 말도 안 되는 일이.'

눈앞에서 살아 있는 반설웅을 보며 무영객은 도저히 믿을 수 없었다.

나는 무영객 수하를 바닥에 집어 던졌다.

쿵!

"이 자는 나를 암습하려던 자입니다."

"뭐라고? 어디 소속인지 밝혀야겠군."

서륭이 대꾸하자 나는 말을 이었다.

"이 자는 자객출신입니다. 그래서 혈을 풀어주면 그 즉시 자결을 할 것입니다."

서륭이 대꾸했다.

"그럼, 누가 자네를 죽이려고 한 것인지 배후를 알지 못하지 않나?"

"그런데 이 자는 단순한 수하일 뿐입니다. 저를 죽이려던 자는 따로 있습니다."

"그가 누군가?"

서륭은 벌떡 일어나 소리쳤다.

"자신을 무영객이라고 하더군요."

"뭐라고?"

서륭은 무영객이라는 말에 놀랐다.

무영객이 살행에서 실수를 한다고?

서륭은 무영객이 자신을 노리면 살아날 가망이 없다고 생각하고 있었다.

"으하하하하!"

급기야 호번은 앙천대소를 터뜨리며 웃었다.

"이 어린 친구가 정말 순진한 것인지, 멍청한 것인지 모르겠군. 자네는 무영객이 누구인지나 아나? 그가 노린 대상은 지금껏 살아난 적이 없어."

나는 그런 호번을 보며 대꾸했다.

"그는 내 장력을 맞고 도주했소."

나는 연회장 중앙에 있는 한 아름이나 되는 돌기둥에 다가갔다.

그리고 그 돌기둥에 손바닥으로 내리쳤다.

쿵!

돌기둥이 울리고 대들보가 흔들거렸다.

내가 돌기둥에서 손을 떼자 한 치나 들어간 손바닥 자국을 보고는 놀라는 장로들이 한둘이 아니었다.

내 공력이 이렇게 심오한지 몰랐을 것이다.

"정말 대단하군."

호위전 전주 유표가 중얼거렸다.

나는 좌중의 인사들을 향해 말했다.

"그자는 바로 이 손바닥 자국과 똑같은 것이 오른쪽 어깨에 찍혀 있을 것입니다."

내 말을 듣고 서룡이 말했다.

"무영객은 들어라! 즉시 오른쪽 어깨를 보여라!"

그 말에 부맹주 고학이 일어섰다.

"서 장로는 너무 무례한 요구를 하는 것이외다! 무영객은 혈죽원의 봉공이오. 그에게 함부로 대할 수 없다는 것은 잘 알지 않소?"

혈웅맹의 규칙이 있기에 서룡도 더 이상 요구할 수 없었다.

나는 부맹주 고학 옆에 있는 무영객에게 다가갔다.

"오른쪽 어깨를 보여주시지."

무영객의 살기 어린 눈이 나를 쳐다보았다.

"그게 싫으면 이 자리에서 나와 한 번 겨뤄 보던가. 어떤가. 내 제안이."

부맹주 고학이 내게 으름장을 놓았다.

"감히! 본 맹의 봉공에게 반말을 지껄이다니. 네놈이 정녕 죽고 싶은 것이냐!"

나는 고학을 보며 대꾸했다.

"나는 나를 죽이려고 하는 자에게는 절대 존대를 하지 않소."

"뭐라?"

나는 무영객에게 말했다.

"이것도 저것도 싫으면 무영객이란 별호를 버리고 그냥 촌부로 살아."

무림최고의 살수라는 칭호를 받은 무영객이 내 말을 듣고 그냥 넘어갈 리 없었다.

"네놈의 도전 받아주지. 어디서 할까?"

"이 자리에서 해야 여러 명숙의 흥취를 돋워주지 않을까?"

"하하하! 네놈의 호기가 참으로 가상하다마는 네놈의 머리는 저 접시에 담기게 될 것이다."

무영객은 자리에서 일어났다.

내가 일을 벌이자 서룡은 안절부절못했다.

급기야 내게 전음을 보냈다.

─이보게. 자네는 아직 무영객을 감당하지 못해. 자네가 잘 몰라서 그러는데 그는 최고의 살수야.

서륭뿐만 아니라 좌중의 인물들은 내가 무영객에게 죽을 것이라고 확신하는 눈빛이었다.

그들도 무영객이 자신에게 살수를 펼치면 피할 수 있다고 장담하지 못했다.

그런 무영객을 최근 이름을 얻고 있는 내가 상대한다고 하자 어이가 없는 것이다.

그것을 알고 있기에 부맹주 고학도 더 이상 따지지 않고 자리에 앉았다.

그냥 앉아서 내가 죽는 꼴을 지켜보면 된다고 생각한 것 같았다.

나는 이런 소란에도 요동하지 않고 조용히 앉아 있는 혈웅맹의 괴수들을 보며 속으로 쓴웃음을 삼켰다.

-서 장로님. 절 믿고 기다리세요.

내가 전음을 보내자 일어나서 뭔가 말을 하려던 서륭은 어금니를 깨물었다.

날 어디까지 믿어야 할지 혼란스러워하는 것 같았다.

하지만 내가 자신 있어 하자 자리에 앉아 식은 차를 벌컥벌컥 들이마셨다.

나는 연회석을 가득 채운 사람들을 향해 말했다.

"오늘 이 연회가 소생의 입맹식으로 알고 있는데 무영객과의 생사투로 입맹식을 대신하는 것으로 하면 어떨지요? 부맹주님은 동의하십니까?"

고학이 조소를 지으며 대꾸했다.

"그러다 자네가 죽어도 난 모르네."

"당연하지요. 이 싸움에서 살아날 사람은 딱 한 사람입니다. 모두 동의하는 것으로 알겠습니다."

무영객은 내 말이 기가 차는지 코웃음을 연신 흘렸다.

무영객은 내 말에 대꾸하지 않았다.

곧 죽을 놈의 유언으로 들어주겠다는 자세였다.

고학은 내 말에 한 술 더 떴다.

"원하는 게 더 없나? 있으면 지금 애기하게. 유언으로 받아들이지."

나는 싱긋 웃었다.

"제가 무영객을 죽이면 더 이상 나를 귀찮게 하지 마시지요."

고학은 어이가 없는지 너털웃음을 흘리더니 말했다.

"허허허. 뭐, 그러지."

나는 무영객을 향해 말했다.

"모든 역량을 발휘해야 할 거야. 그렇지 않으면 죽어서 후회할 테니까."

"크하하하, 오만한 놈! 차라리 조용히 들어와서 입맹식을 했으면 살았을 것을 말이야. 나를 자극했으니 죽음으로써 벌은 받아야 할 것이야."

"그럼 나를 습격했다는 것을 인정하는 것이냐?"

230

이렇게 다 까발린 상태라 무영객은 발뺌하지 않았다.

"맞아. 내가 네놈을 습격했는데 어떻게 살았는지 알 수 없군. 아무래도 사공을 익힌 것 같아. 하지만 이번엔 살아나지 못할 것이다. 목을 자를 테니까."

내가 시큰둥하게 대꾸했다.

"마음대로 해."

나와 무영객의 눈이 허공에서 한차례 얽혔다.

그리고 우리 두 사람은 동시에 움직였다.

'과연! 살수라 그런지 움직임이 빨라.'

무영객의 신법은 전광석화라 해도 부족함이 없었다.

'하지만 나에게 걸린 게 네놈의 불운이야.'

무영객의 신법이 아무리 빠르다 해도 혈영체를 지닌 내가 펼친 무영무종섬을 따라올 수 없었다.

무영객이 움직일 때마다 나는 무영객의 뒤에 위치했다.

그제야 무영객은 내 신법이 특별함을 알아보고 그의 손에서 대침이 발출되었다.

내가 무영무종섬으로 피하자 놈이 웃었다.

나는 그 즉시 무영객의 뒤를 점했다.

그러자 회전한 대침이 무영객의 코앞에서 멈췄다.

나를 찌르려던 대침이 내가 놈의 뒤로 움직이자 따라 움직인 것이다.

'대단하군. 저 대침을 이기어침으로 움직이다니.'

과연 천하제일살수다운 실력이었다.

"최선을 다하지 않으면 후회한다니까."

내 말이 허언이 아님을 안 무영객은 양손에 대침을 수북이 집어 들었다.

"이것을 피한다면 내 죽어서도 네놈을 형님으로 모시마."

"그건 싫어. 죽은 놈에게 형님이라는 소리는 듣고 싶지 않군."

나는 일부러 벽 쪽으로 향했다.

"괜히 여기 계신 장로님들이 다치기라도 하면 곤란하니 내가 벽을 등지고 있겠어. 어디 한 번 마음껏 펼쳐봐."

"고맙군. 장로님들이 걱정되어 폭우유침(暴雨流針)을 꺼렸는데. 스스로 제 무덤을 파주니 눈물이 날 것 같아."

장내의 명숙들은 이 한 수에 승패가 결정될 것이라고 보고 모두 눈을 크게 떴다.

그들도 대단한 고수들이기는 하나 이런 희대의 싸움은 보기 힘들었다.

폭우유침은 무영객의 독문무공으로 당문의 만천화우와 비견된다고 알려진 상승절학의 암기수법이었다.

무영객이 두 손을 털자 수백 개의 대침이 나를 향해 날아왔다.

쇄쇄쇄쇄쇄쇄!

기괴한 음향을 내며 날아드는데 죽지 않는다는 사실을
알면서도 간담이 서늘해졌다.

'과연 한 번도 살행에 실패하지 않은 이유를 알 것 같구
나. 누가 있어 이 수법을 피해낼까.'

하지만 놈은 상대를 잘못 골랐다.

나는 그 즉시 모든 공력을 끌어 올려 삼중천막을 펼쳤
다.

그런데 나는 그 순간 경악했다.

삼중천막을 펼치는데 너무나 쉽게 공력이 증폭되는 것
이 아닌가.

'맙소사, 공력이 삼갑자나 되다니.'

나는 죽고 되살아난 후 운기를 할 때만 해도 공력이 이
렇게 증가한 것을 느끼지 못했다.

삼갑자로 펼치는 삼중천막은 뚫을 수 있는 것이 없었
다.

역시 무영객의 얼굴에 당혹감이 스쳤다.

폭우유침이 처음으로 막힌 것이다.

하지만 무영객은 무영객이었다.

손을 들어 올리자 삼중천막에 막힌 대침들이 허공으로
치솟았다.

엄청난 공력이 아닐 수 없었다.

'놈도 삼갑자에 달하는 고수다. 그렇다면.'

나는 삼중천막을 걷고 영익검을 꺼내 들었다.

내가 영익검을 꺼내 들자 놈이 곧바로 다시 폭우유침을 펼쳤다.

쏴아아아아!

폭우가 내리듯 대침이 머리 위로 쏟아져 내렸다.

나는 영익검을 허공으로 던졌다.

내 실력을 확실하게 보여줄 기회였다.

영익검은 마치 물속을 유영하는 물고기처럼 허공을 헤집고 다니며 대침을 막아내었다.

띠디디디디딩!

대침은 퉁겨서 벽에 박혀 들었다.

치이이익!

대침이 벽에 박히자 시커먼 연기가 올라왔다.

대침에 독까지 묻어 있었다.

빠르게 허공을 휘젓던 영익검은 대침을 모조리 막아내었다.

한 자루의 연검이 그런 장면을 연출할지 몰랐던 터라 지켜보던 장로들은 탄성을 발했다.

근자에 이런 진풍경은 처음이었던 것이다.

무영객은 최후의 절기 폭우유침마저 봉쇄당하자 분노에 떨며 중얼거렸다.

"이놈!"

나는 그때 손짓을 했다.

삼갑자의 공력이 깃든 영익검은 허공에서 하나의 빛이 되어 무영객을 향해 쏘아졌다.

핏!

나는 그때 고학의 말을 들었다.

"장 봉공의 몸은 금강불괴의 몸이라 그런 연검따위로는 벨 수 없어."

나는 그의 말을 받았다.

"과연 그럴까?"

나는 무영객을 향해 천천히 걸어갔다.

그리고 그의 입에 박혀 뒤통수로 빠져나온 영익검을 잡아뺐다.

시이이익!

쇠를 긁는 소리가 나며 영익검이 무영객의 입에서 빠져나왔다.

아무리 몸을 금강불괴로 만든다 해도 눈이나 입은 약점으로 남았다.

나는 그가 입을 벌리기를 기다렸다가 이검어환의 수법으로 놈의 입을 꿰뚫은 것이다.

무영객은 무슨 말을 하고 싶어도 할 수 없었다.

입을 달싹일 때마다 피가 솟구쳐 목소리가 파묻혔다.

나는 그런 무영객을 향해 중얼거렸다.

"잊지 마. 저승에 가거든 이 형님에게 잘못한 것을 반성하도록 해."

내게 한 말을 두고 조롱했다.

무영객은 몸을 덜덜 떨더니 바닥으로 천천히 넘어갔다.

쿵!

서륜은 일어나 크게 웃었다. 마치 다 들으라는 듯.

"으하하하하! 정말 장관이었네."

곧 사람들에게 명령을 내렸다.

"감히 본좌가 초청한 영빈을 암습하려던 저 놈의 수급을 잘라 효시하라!"

이런 점을 보면 확실히 백도와 마도의 차이점을 느낄 수 있었다.

나는 그런 서륜의 말을 막고 말했다.

"서 장로님. 비록 저를 죽이려던 자였으나 죽으면 그만입니다. 주검만은 무사로 대접하고 싶습니다. 그냥 땅에 묻게 시체를 보존해 주시지요."

내 말에 서륜은 다시 화통하게 웃었다.

"하하하. 이것 참. 늙은 내가 옥소마군에 배워야 할 것이 많네! 자네 말이 옳아. 한 시대를 풍미한 고수를 효시할 수는 없지. 어서 시체를 치워라!"

연회장을 지키던 무사들이 부지런히 움직이며 무영객의 시체와 피를 닦아내었다.

한 식경 가량 서륭만 빼놓고는 웃는 자는 아무도 없었다.

제 12 장
NEO ORIENTAL FANTASY STORTY
둥지를 틀다

제 12 장
둥지를 틀다

서릉은 싱글벙글하며 말했다.

"여기 있는 옥소마군은 노부가 굉장히 공을 들여 본 맹에 영입하려던 후기지수입니다. 노부의 목숨을 구해줬을 뿐만 아니라."

목숨이란 말을 할 때는 고학을 노려보며 말했다.

"노부를 대신해서 해야 할 일이 많은 기재입니다. 그의 사부 백랑비마는 마도에서도 협객으로 이름 높은 마도인이었습니다. 그런 사부를 이어 역시 옥소마군은 마도의 의협을 실현하고자 하는 것이지요."

서릉의 말은 청산유수였다.

그렇게 나를 칭찬하는 것으로 거의 일 다경을 소모한 서룡은 좌중을 둘러보며 말을 이었다.

"이에 옥소마군은 노부의 사람임을 이 자리에서 천명하는 바입니다."

아예 나를 자신의 사람으로 못 박는 것을 보고 쓴웃음이 나왔다.

하지만 그것도 나쁘지 않았다.

지금은 내게 큰 그늘이 필요했다.

"그래서 노부는 이번에 구천맹과의 전투에서 큰 타격을 받은 전투 단체를 하나로 모아 옥소마군에 일임할까 하오."

총관 호번이 반발했다.

"가당치 않은 말이외다. 본 맹에 갓 발을 들인 자에게 단주라니. 그게 말이 되는 소리요!"

서룡은 반발을 예상했던 터라 담담하게 받아들였다.

"그렇다면 어디 호 총관이 추천해주시구료. 그 조직의 수장으로 누굴 하면 좋은지."

호번이 다시 반박하려고 하자 그때 고학의 전음이 흘러들어왔다.

-생각해 보니 반대할 것까지 없네. 그 조직에 저 어린 친구에게 당한 사십사혈마단 잔여 병력도 들어가네. 거기다 서룡을 처치하려다가 놈에게 전멸당한 천마단도 있고. 그리고 그런 조직은 절대 하나로 융합이 되지 않아. 오히

려 골치만 썩히고 뭐 하나 제대로 할 수 없지. 그때 가서 무능력하다는 이유로 추궁하면 되는 것이네. 곧 본 맹의 다섯 전단이 모두 출정할 터인데 그들이 전투에 나가 승리를 할 것 같은가? 서 구렁이가 스스로 무덤을 파는 짓이네. 그러니 굿이나 보고 떡이나 먹자고.

고학의 전음을 듣고 보니 굳이 반대할 것 없었다.

아닌 게 아니라 서룡이 제 무덤을 파고 있었다.

"생각해 보니 서 장로님의 고충을 알겠소. 그 문제는 양보하겠소."

서룡은 옥소마군을 단주부터 시작해 각주로 올리고 나중에는 전주로 올릴 복안을 가지고 있었다.

우선 가장 중요한 것은 혈웅맹의 젊은 무사들이 지지를 받아내는 일이었다.

그래서 무리인 줄 알지만, 패잔병들의 조직을 맡기려고 한 것이다.

그리고 무엇보다 자신의 안목을 믿었다.

그런 전투력이 떨어지는 단체를 맡기더라도 잘해 낼 것이라는 믿음이 있었다.

또 그래야만 했다.

그렇지 않으면 자신의 생각을 수정할 수 밖에 없었다.

지금은 자신에게 뛰어난 기재가 아니라 영웅이 필요했다.

자신을 맹주로 만들어줄 영웅이.

"으하하하하! 자네가 오히려 늦게 온 것이 더 멋진 등장
이 되었구먼. 거기다 무영객을 처리했으니 일석이조야!"

모두 돌아가고 없는 연회석에서 서릉은 흡족한 표정으
로 나를 치하했다.

"자네는 내게 실망을 시키지 않아서 좋아. 내가 끝까지
자네를 밀어줄 것이네. 그러니 자네가 하고 싶은 것을 다
해도 좋아."

"감사합니다."

나는 짧게 묵례로 감사를 표시했다.

"이렇게 겸손한 것도 좋고. 다른 놈들 같으면 제 잘났다
고 까불었을 텐데 말이야. 무영객을 죽였으면 제 세상인
줄 착각하면서. 마도라고 다를 것 없네. 겸손해야만 살아
남는 거야."

마치 나 들으라고 하는 말 같았다.

잘났다고 거들먹거리면 안 된다고 슬쩍 돌려 말하고 있
었다.

"제가 범 소저의 장원에 하인으로 들어가기도 하던 몸
입니다. 늘 제 주제를 알고 사는 편입니다."

"바로 이거야. 노부가 그래서 자네를 좋아하는 것 같
아."

서룡은 내 어깨를 툭툭 치더니 말했다.

"본 맹을 나가면 주변 마을에 기루와 주루가 있는데 그 곳에 내 이름을 대고 뭐든 다 해도 되네. 기루에 가면 최고 기녀가 있는데 내 이름만 되면 만나 줄것이니 회포도 풀고."

서룡은 연회에서 반대파들을 똥 씹은 얼굴로 만들어서인지 기분이 한껏 고조되어 내게 많은 편의를 봐주었다.

그런데 그런 배려를 외면하면 마도인이 아니었다.

"그렇지 않아도 계속 맹 내에만 있다 보니 몸이 찌뿌듯했는데 잘 됐습니다. 서 장로님의 이름을 팔아서 좀 즐기겠습니다."

"하하하! 그리하게! 아니. 우선 그래도 뭐라도 좀 있어야지."

서룡은 품에서 전낭과 전표를 꺼내 내게 내밀었다.

"아무리 그래도 그렇지 돈 한 푼 없으면 불편하지. 이거라고 가지고 가서 즐기게. 기녀들에게 돈을 뿌려야 달라붙지."

전낭은 묵직한 것이 모르긴 몰라도 금전이 들었을 것이다.

그리고 전표도 제법 두툼한 게 열 장은 넘어 보였다.

"그 정도 돈은 저도 있습니다."

"아니야. 오늘 입맹식에서 활약을 한 상이라고 생각하고 받게."

"그럼, 염치없이 받겠습니다."

"이제부터는 내 것이 자네 것이니 부담 갖지 말게. 그리고 노부가 말한 무력단체는 예전 사십사혈마단이 쓰던 전각에 있네. 며칠 후에 그곳으로 가면 준비가 되었을 것이야. 이제부터 모든 것이 자네 능력에 달렸으니 잘 해보게. 그 조직 이름도 아직 짓지 않았어. 자네 뜻대로 이름을 지으라고 놔두었지. 그럼 난 또 일이 있어 가 보겠네."

나는 서릉이 경쾌한 발걸음으로 사라지는 모습을 보며 잠시 생각에 빠졌다.

'이제 나는 시위를 떠난 활이다. 내가 하기 나름에 따라 이곳에서 입지가 정해져. 거침없이 살아보는 거야.'

마도의 매력은 그것이 아니겠는가.

남 눈치 보지 않고 사는 것. 자기 기분 내키는 대로 사는 것.

'은근히 마도가 내 적성에 맞는 것인지도 모르지.'

나는 가벼운 마음으로 원로원 정문을 나섰다.

그러자 정문 앞에서 누군가 서 있는 것을 발견했다.

"기다리고 있었습니다."

뭔가 사무적인 목소리로 내게 말을 건넨 이는 암혈전 소속 암혈각 부각주 고결하였다.

나는 속으로 고결하를 보고 기뻤지만, 내색하지 않았다.

그녀가 종가장을 위해 당소소를 발원상단에 잠입시킨 것을 나는 고맙게 생각하고 있었다.

그것이 아니었다면 나는 어쩌면 그곳에서 폭사하고 말았을 것이기 때문이었다.

하지만 당분간 그녀에게 내가 종묵이라는 사실을 감출 생각이었다.

"여기서 뵙게 되는군요."

나는 살짝 미소를 지으며 대꾸했다.

"저와 잠시 이야기를 나눌 수 있나요?"

"그러지요. 어디로 갈까요?"

"제 업무실로 가지요."

고결하는 원로원을 나와 암혈각으로 향했다.

암혈각은 실전에 투입되는 흑오들이 활동하는 곳이었다.

그곳으로 가자고 하니 참으로 감회가 새로웠다.

한때는 흑오와 목숨을 걸고 싸우던 때가 있었다.

그런데 그런 흑오와 무영의 거처로 들어왔으니 묘한 감흥이 일었다.

고결하의 집무실은 어디서나 흔히 볼 수 있는 집무실과 다를 바 없었다.

오히려 구천맹 각주들의 집무실보다 더 검소했다.

의자와 탁자, 책상과 서류만 가득 쌓인 책장등.

검과 도가 걸린 벽 외에는 그 흔한 산수화 하나 걸려 있지 않았다.

너무 삭막해 보이기까지 했지만 나는 그것이 고결하의 성품 그대로임을 알고 있었다.

어릴 적 고결하도 여성스럽다기보다 털털해서 나중에 같이 강에서 수영하다가 고결하가 여아임을 알게 되었으니까.

그때의 충격을 지금도 잊지 못했다.

일부러 고결하가 남장을 한 것도 있고 남아처럼 행동한 것도 한몫했지만.

"소소와 친분이 깊더군요."

자리에 앉자 고결하가 질문했다.

"이래저래 신세 진 게 많았습니다."

"소소 말에 의하면 오히려 반 소협의 신세를 많이 졌다고 하더군요. 범 소저의 장원에서부터."

고결하는 당소소와 내가 만났을 때부터의 이야기를 알고 있는 것 같았다.

"그냥 같은 동도라는 느낌이라 도와줬을 뿐이오."

일상적인 인사말을 하고 나서 나는 직설적으로 물었다.

"그런데 나를 보자고 한 용건이 무엇인지요?"

그런 나를 지그시 보더니 고결하가 입을 열었다.

"경고를 해주기 위함입니다. 지금 반 소협은 완전히 노출된 상태입니다. 부맹주파는 이후에도 계속 반 소협을 노릴 것입니다. 부맹주 고학은 그 누구보다 자존심이 강한 사람입니다. 그런 사람이 연회에서 그런 꼴을 당하고 가만히 있을 사람이 아니에요. 어떤 수단을 쓰던 지속적으로 반 소협의 목숨을 노릴 것입니다. 이곳은 무림과 또 달라요. 겉은 평화롭게 보이지만 그 이면을 들여다보면 냉혹하기 짝이 없어요. 그것은 나중에 직접 겪게 될 것이니 더 말은 하지 않겠어요. 지금은 자중해야 할 때입니다."

나는 시큰둥하게 말을 받았다.

"얼마든지 난 그런 위협을 받아낼 자신이 있소. 그래야 부맹주를 공격할 명분이 있지 않겠소?"

내 말에 고결하가 살짝 놀라는 눈치였다.

"확실히 당신은 내 예상을 벗어나는군요. 평범한 사람이 아닌 것 같군요."

"칭찬으로 듣겠소. 그래도 무영객 같은 사건이 또 일어날 거예요. 지금은 피했지만, 나중에는 피할 수 없는 일을 만들지도 몰라요. 그러니 항상 주의하세요. 이건 저를 구해준 은인에 대한 예의로 말하는 겁니다."

"알겠소."

"그리고 서류도 완전히 믿지 마세요. 이곳에서 믿을 사람은 자신밖에 없어요. 지금도 반 소협을 전면에 내세우는 것도 모두 자기 자신을 위한 일이에요. 그에게 충성하는 것은 어리석은 일입니다."

고결하가 나를 위해 고언을 하는 것을 느낄 수 있었다.

"명심하겠소. 그럼 난 이만 일어나겠소."

일어나 문으로 가는 나에게 고결하가 말했다.

"혹, 내 도움이 필요하면 언제든지 당소소를 통해 말하세요. 도울 수 있다면 돕겠어요."

"말씀 고맙소."

나는 묵례를 하고 고결하의 집무실을 나왔다.

고결하는 문을 나서는 반설응을 보고 한숨을 쉬었다.

"그는 자신이 얼마나 위험한지 모르고 있어. 완전히 부맹주파의 먹잇감이 된 것을 몰라. 저런 순진한 사람이 본맹에서 얼마나 버틸지."

괜히 신경이 쓰이는 사람이었다.

굳이 자신을 구해주었기 때문이 아니었다.

처음 봤을 때부터 이상하게 눈이 가던 사람이었다.

그래서 그런지, 하지 않을 말도 했다.

"도울 수 있으면 돕겠다고? 참나. 결하야. 이 무슨 간지

러운 말이냐."

고결하는 어이가 없다는 듯 웃더니 고개를 흔들었다.

나는 몽운각에 도착하자 문 앞에서 늘어진 그림자를 발견했다.

그림자의 주인은 묘진홍이었다.

오래간만에 보는 묘진홍이라 문득 반가운 마음이 들었다.

"왔어?"

내가 십년지기처럼 대하자 묘진홍이 피식 웃었다.

"오늘 연회에서 대단한 활약을 했다고 본 맹이 떠들썩하더구만."

"그래?"

"그래라니. 지금 네가 얼마나 큰 폭풍을 몰고 왔는지 모르는군. 그러니 이렇게 태평하지."

나는 하늘을 쳐다보고 말했다.

"폭풍이 온다고?"

"참나. 어이가 없군."

"밤이 늦었는데 집에 안가?"

"넌 친구를 밤늦은 시간에 왔다고 쫓아?"

"그럼 차나 한잔하고 가."

내가 몽운각으로 들어가자 묘진홍이 따라 들어갔다.

"그런데 어째서 들어가서 기다리지 않고 밖에서 기다렸나?"

그 말에 묘진홍의 눈에 쌍심지가 돋았다.

"저 쪼끄만 년이 글쎄, 주인이 없는 곳에 손님을 받을 수 없다고 나를 밖에 세워두잖아."

"그건 잘했군."

요미랑이 다가와 내게 인사했다.

"오셨어요."

요미랑이 나를 향해 살살 눈웃음치자 묘진홍이 코웃음을 쳤다.

"쬐그만 게 어디서 벌써 살살 꼬리를 치는 거야."

요미랑이 그런 묘진홍을 향해 말했다.

"소녀가 배운 게 그것밖에 없어서요."

내가 물었다.

"그런데 미랑이 그러라고 해서 그럴 놈이 아닌데. 의외군. 네가 다 예절을 지키려고 하다니."

"이유가 있어."

"호오. 무슨 이유?"

"저 쬐그만 년이 앞으로 혈웅맹의 영웅이 될 사람 집에 여인이 함부로 드나들면 절대 사람들이 따르지 않을 것이라고 하잖아. 그 말을 듣고는 있을 수 있어야지."

"하하하!"

나는 통쾌하게 웃었다.

"우리 미랑이가 정말 기특한걸."

멀리서 그런 나를 보더니 요미랑이 고개를 숙였다.

어리지만 무엇을 해야 할지 아는 아이였다.

"영웅이 호색한다고 하지만 문란하다고 생각하면 수하들이 절대 상관으로 인정하지 않는다고 하는데 그 말을 인정하지 않을 수 없었지. 사실 나도 그런 생각이니까."

나는 아직도 뾰로통한 묘진홍을 보고 물었다.

"그런데 무슨 일이야?"

내 말에 입술이 한 치나 더 나왔다.

"우리 사이가 일이 있을 때만 보는 사이야?"

내가 달래듯 말했다.

"그건 아니지. 진홍이가 갑자기 밤늦게 찾아와서 그런 거야. 술이라도 한잔할까?"

예전에는 가끔 객잔에서 술을 대작하기도 해서 하는 말이었다.

"술은 나중에 하고 한마디 하고 싶어서 왔어."

나는 미소 지었다.

"경고라면 귀에 딱지가 앉도록 들었어. 너마저도 내게 경고하러 온 것이라면 하지 마."

"경고가 아니야. 네가 패잔병들 모은 조직의 단주로 내정되었다는 이야기가 벌써 혈웅맹에 파다해."

"서 장로님이 원하시니 거절할 수 없었지. 나도 밥값을 해야 하고. 그런데 그게 무슨 문제 있어?"

"네가 하나 조언을 하려고. 단주가 되면 혈옹맹에 대해 단원을 모집할 수 있어. 지금 네가 단주가 되더라도 백여 명 밖에 되지 않는 자들을 이끌고 전투에 나가면 필패야. 적어도 이백 명 이상은 구성해야 안전해."

"그건 처음 듣는 말이군. 단주가 되면 단원들을 공개 모집할 수 있다는 말이군. 그런데 혈옹맹의 무사들이 내가 단주로 있는 조직에 단원이 되려고 할까?"

묘진홍이 피식 웃었다.

"지금 본 맹에서 네 이름 석자와 별호를 모르는 사람이 없어. 심지어 시비들까지 너를 입에 올릴 정도야. 지금 본 맹에서 가장 부각되고 있단 말이야. 네가 단원을 모집한다고 하면 못해도 수백 명은 지원할걸."

"조언 고맙다."

나는 진심으로 묘진홍에게 말했다.

이런 세세한 것까지 서륭은 내게 말하지 않았다.

그는 큰 그림을 그리고 있으니 세세한 것은 내가 찾을 수밖에 없었다.

말을 마친 묘진홍이 일어섰다.

"벌써 가려고? 차라도 한잔하고 가."

내가 권하자 묘진홍이 고개를 저었다.

"아니. 여기 더 있다가는 내 뒤통수가 뚫리겠어. 저 쬐그만 계집이 날 얼마나 노려보는지."

아닌 게 아니라 마치 무슨 일이라도 일어날까 싶은지 요미랑은 멀리서 우리 두 사람을 지켜보고 있었다.

"하하하!"

나는 대꾸할 말이 없어서 그냥 웃음으로 얼버무렸다.

"설마하니 저런 어린 여자를 건드리지 않겠지?"

묘진홍은 신발을 신으며 말했다.

"진홍아, 아름다운 묘 소저도 안지 않는 나야. 고작 저런 어린아이를 품겠어? 나 옥소마군이야."

사실 그 점 때문에 묘진홍은 나를 믿는 눈빛이었다.

범빙의 장원에 있을 때 홀딱 벗고 같이 자도 자신을 건드리지 않은 사내였다.

그것은 자신에 대한 신념과 철학이 없으면 불가능한 일이었다.

"내가 가끔 와서 감시할 거야."

"올 때는 좀 괜찮은 술 좀 가져와. 아직 술을 달라고 하기에는 좀 그러네."

"알았어."

묘진홍은 나를 한차례 물끄러미 쳐다보다 등을 돌렸다.

묘진홍이 사라진 후 요미랑이 다가왔다.

"눈에서 색기가 뚝뚝 떨어지네요. 묘 소저를 조심해야 해요. 묘 소저의 별호가 뭔지 아세요?"

나는 오래전 들었던 묘진홍의 별호를 말했다.

"독요검이잖아."

"독요검이란 별호보다 더 유명한 별호가 있어요. 채화 낭자라는 별호가 더 유명해요. 괜히 가까이하다 진력을 빼앗기지 마세요."

나는 요미랑의 머리를 쓰다듬으며 말했다.

"걱정하지 마라. 난 그리 호색하는 사람이 아니야."

"그건 아닌 것 같던데."

"무슨 말이냐?"

"전에 오셨던 당 소저하고는 잤잖아요."

어린 소녀의 입에서 잤다는 말을 쉽게 들으니 헛웃음이 나왔다.

백도무림에서는 절대 들을 수 없는 말이었다.

"네가 그걸 어떻게 아느냐?"

"헤헤헤, 제가 환희각의 방중술을 모두 섭렵해서 대성한 것을 모르시는군요. 전 여인의 눈빛만 봐도 공자님과 무슨 사이인지 알 수 있어요."

"참으로 대단한 능력이구나."

나는 멋쩍어 요미랑을 칭찬했다.

"이제 그만 들어가 자자."

"예, 그럼 공자님 푹 주무세요."

"응. 미랑이도."

나는 방으로 들어와 침상에 몸을 던졌다.

오늘 하루 참으로 힘든 날이었다.

나도 내가 무영객 같은 절대고수를 죽일지 몰랐다.

누워서 생각하니 내가 다시 살아난 것에 대해 느낄 여유가 없어서 몰랐는데 생각해 보니 소름 끼치는 일이었다.

혈영체를 가지고 기이한 능력을 보유하게 된 것까지는 모두 이해할 수 있었다.

그런데 죽었다가 다시 살아난 것은 말로 표현할 수 없는 묘한 감정이 들었다.

'나는 불사체가 된 것인가? 또 죽어도 살아날까?'

별 오만가지 생각이 다 들었다.

마음이 복잡해 쉽게 잠들지 못했다.

제 13 장
NEO ORIENTAL FANTASY STORTY
단주(團主)가 되다

제 13 장
단주(團主)가 되다

혈웅맹에는 현재 다섯 개의 무력단체가 있었다.

암흑마단(暗黑魔團)

혈천성단(血天星團)

마라살룡단(魔羅殺龍團)

혈풍천위단(血風天威團)

혈해용단(血海龍團)

이 다섯 무력단체는 무림에서 이름만으로 공포심을 심어줄 수 있었다.

특히 이들 중 혈천성단, 혈풍천위단, 혈해용단은 삼혈단(三血團)이라 불리며 혈웅맹 최강의 전단으로 인정받고 있었다.

삼혈단이 출전하면 그 전투는 승리한다는 속설이 있을 정도였다.

여기에 내가 구성할 무력단체까지 합하면 모두 여섯 개가 되었다.

구천맹이 네 개의 전단을 운용하는 것과 비교하면 많은 숫자였다.

"혈주각에 가실 시간입니다."

요미랑이 탁자에 놓은 그릇을 치우며 말했다.

"혈주각?"

나는 알면서도 모른 척 되물었다.

내가 온 지 얼마 안 되는데 너무 잘 알고 있는 것도 이상한 일이기 때문이었다.

혈주각(血珠閣)은 혈웅맹 칠각 중 하나로 다섯 무력단체의 단주들이 작전계획이나 회의를 위해 마련한 전각이었다.

"연락도 없는데 가라고?"

요미랑이 그런 나를 보모 상큼하게 웃었다.

두 볼에 쏙 들어가는 보조개가 매력적인 미소였다.

"여기서는 자신이 찾아 먹어야 해요. 누가 와서 밥을 떠먹여주지 않아요."

"흠. 네 말을 듣고 보니 그러네. 오대 단주들에게 인사를 할 겸 가야 할 것 같군."

연회에는 오원의 장로와 원로를 중심으로 모여서 단주

들은 참석하지 않았다.

구천맹이었다면 무력단체 단주들은 장로급에 달하는 대우를 받았을 테지만 혈웅맹은 단주의 직위가 생각보다 낮았다.

암혈각 부각주로 활동하는 고결하가 참석할 수 있는 곳을 단주들이 참석하지 못한 것을 보며 알 수 있었다.

혈웅맹은 단주로 활동하면서 공을 세워야 비로소 각주가 될 수 있었다.

칠각주만 되어도 혈웅맹의 주요 요직이라 할 수 있는데 혈주각의 각주는 중주원의 권돈이 역임하고 있었다.

맹주에게 힘을 실어주기 위함으로 혈주각의 각주를 맹주의 측근으로 임명하는 것이다.

내 생각에는 부맹주파와 장로파가 아직도 결착이 나지 않은 것은 이들 다섯 개 전단의 단주들이 아직까지 중립을 지키기 때문일 것이다.

'골치 좀 아프겠는데. 내가 사십사혈마단 단주 상약을 죽였으니 내게 반감을 품은 자가 있을 텐데. 그리고 천마단원도 그럴 테고.'

차라리 나는 그들이 나에게 도전하기를 바랐다.

그래야 서로 부딪히면서 은원을 해결할 수 있기 때문이었다.

"단주 회합에 참석하러 왔다."

나는 혈주각을 지키는 수문무사를 향해 말했다.

하지만 그는 생판 처음 보는 자가 말도 안 되는 소리를 한다고 생각해서인지 눈살을 찌푸렸다.

"당신의 소속을 밝혀라."

아직 나는 내 단원들도 만나지 못한 상태였고 내 전단의 이름도 짓지 않아서 할 말이 없었다.

"그냥 믿고 보내주면 안 되나?"

"허 참, 이거 미친놈이잖아. 돌아가라. 한 번 눈 감아주지. 하지만 그따위 말도 안 되는 말을 하면 내가 가만두지 않겠다."

제법이었다.

수문무사가 기세를 올리는데 일류에 근접하는 기도였다.

나는 할 수 없이 내 별호라도 말했다.

"소속은 몽운각이고 내 별호는 옥소마군이다."

내가 말을 하자 수문 무사의 콧수염이 움찔거렸다.

"당, 당신이 옥소마군?"

"그래. 오늘 단주 회합이 있다고 해서 왔지. 나 못 들어가나?"

"그, 그게 아니라 통보를 받지 않아서. 우선 신원조회를 하겠습니다."

내가 별호를 말하자 수문위사는 의심 반 호기심 반 어린 눈빛으로 나를 보고 곧 안에다 대고 소리쳤다.

"가서 각주님께 아뢰라. 옥소마군이 왔다고."

수위무사는 자신이 해결할 수 없다는 것을 느끼고 아예 각주를 부른 것이다.

잠시 후 연회에서 보았던 한 명의 늙은이가 정문에서 걸어 나왔다.

"허허허, 옥소마군이 여긴 어쩐 일이오?"

"오늘 단주들의 회합이 있다고 해서 인사차 왔습니다."

혈웅맹의 장로라고 모두 무예의 고수는 아니었다.

중주원의 권돈이 그러한 사람인데 군사 출신으로 오랫동안 혈웅맹에 충성한 것을 치하해 중주원의 장로로 임명한 것이다.

또한, 단주들을 지휘하려면 병법에 능해야 해서 권돈은 혈주각의 각주로 적격이었다.

그런 이유로 장로임에도 전주가 아니라 각주로 머물고 있었다.

권돈은 붉은 안색에 콧등에 앉은 커다란 사마귀가 인상적인 노인이었다.

"지금 회합에 참석하지 못할 것도 없으나 어수선한 상황이라 오늘은 그냥 돌아가는 것이 좋지 않겠소?"

완곡한 표현으로 돌아가라고 나에게 종용했다.

하지만 나는 싱긋 웃었다.

"여기까지 왔는데 그냥 갈 수 없지요. 이 사람을 그냥 맹의 한 사람이라 생각하시기 바랍니다."

내가 정중하게 말하자 권돈은 흥미있는 눈빛으로 나를 바라보았다.

"음. 이름도 없는 전단의 단주를 회합에 참석시킬 수 없소."

권돈은 마지막 수를 내보였다.

이름도 없는 전단의 단주가 혈주각의 모임에 참석할 수 없는 것은 문규에 나와 있는 내용이었다.

나는 싱긋 웃었다.

"왜 없소? 방금 만들었소이다."

나는 권돈이 말을 하기 전에 입을 뗐다.

"백랑비마단이라고 지었는데 어떤 것 같습니까?"

나는 백랑비마의 이름을 따서 급조해서 이름을 지었다.

권돈은 내가 강경하게 나오자 더는 어쩔 수 없다는 듯 고개를 흔들었다.

"허허, 젊은 사람이 혈기가 왕성해도 문제요."

"그 혈기가 모여 지금까지 혈웅맹을 마도의 중추로 만들지 않았겠소."

내가 한 마디도 지지 않자 권돈이 등을 돌렸다.

"나를 따라오시오."

나는 권돈을 따라 혈주각으로 들어섰다.

곧 혈주각의 가장 높은 누각의 문이 열리며 두 사람이
들어섰다.

각주 권돈과 함께 들어선 자를 보고 다섯 명의 사내는
조용히 주시했다.

권돈이 좌중의 단주들을 보며 입을 열었다.

"여러 단주께 소개할 분이 있소이다."

단주들은 저마다 생김새도 기도도 달랐다.

그리고 나는 그들의 혈기류를 감지하면서 한 가지 사실
을 깨달았다.

이들은 모두 초일류 고수들이었다.

"이번에 새로 구성한 전단의 단주 옥소마군 반설웅 소
협이오. 전단의 이름은 백랑비마단이라고 하오."

권돈이 간략하게 내 소개를 했다.

권돈의 말에 다섯 명은 조용히 앉아서 나를 바라볼 뿐이
었다.

당장 내게 반감을 드러내는 자도 적의를 꺼내는 자도 없
었다.

'과연 혈웅맹의 단주들답구나.'

오히려 그런 그들을 보니 문득 호승심이 일었다.

하지만 그들을 자극할 필요가 없어서 가볍게 묵례했다.

"새로 전단을 맡게 된 반설웅입니다. 여러 선배님의 지도편달을 부탁합니다."

가장 우측의 구레나룻의 중년인이 말을 받았다.

"백랑비마단이라. 나도 모르는 전단이 갑자기 들어서는군."

비아냥거리는 듯했지만 담담한 어조였다.

나는 이 자를 알고 있었다.

용모파기로 숱하게 본 인물이었다.

이 자가 바로 혈해용단의 단주 양지(良志)였다.

객관적 평가로 다섯 명의 단주 중 가장 강한 자로 혈첩은 평가했다.

양지의 말을 받아 도사들이나 쓰는 건(巾)을 쓴 자는 한때 멸문한 도문의 후예 창은(彰銀)이었다.

머리가 커서 도사건이 마치 장신구처럼 보였다.

그리고 머리카락 한 올 없는 중년인은 한때 무림을 혈풍에 잠기게 했던 마두 살신(殺神)이었다.

본래의 자신의 이름을 버리고 살신이란 이름으로 쓸 정도로 살신이라는 별호에 애착이 있었다.

"호오, 드디어 본 맹에도 이렇게 새파란 단주가 생기는 건가?"

비꼬는 듯 말하는 이는 영웅건을 둘러맨 중년인으로 영웅건에 박힌 청옥이 인상 깊었다.

그가 바로 청옥마검 황강(黃江)이었다.

이자가 암흑마단의 단주였고 대머리는 혈풍천위단의 단주였다.

"자격이 있을까 몰라."

한 사내가 일어섰다.

앉아 있을 때는 몰랐는데 일어서니 키가 거의 팔 척에 육박했다.

두 팔은 길고 몸은 키와 비교하면 마른 편이었다.

음산한 눈빛을 하고 나를 쳐다보았다.

'마라살룡단의 단주 진명(盡命)이로군.'

이들은 백전노장이라 할 수 있었다. 나이가 삼십대 후반에서 오십 대 초반의 중년인들로 수십 차례의 전투를 치른 역전의 용사들이었다.

구천맹에서도 이들과 싸우게 되면 긴장했다.

내가 이십 대 중반이니 이들의 눈에는 내가 애송이로 보일 수밖에 없을 것이다.

"후배가 자격이 없다고 생각하시면 선배님들이 직접 이 후배를 시험해 보아도 무방합니다."

나는 담담하게 대꾸했다.

"흥, 무영객을 죽였다고 기고만장하는구나. 살수가 정면승부하면 불리한 법이지. 우리처럼 전검을 익힌 사람들하고 정면으로 싸우면 또 달라. 함부로 날뛰지 말라고.

애송이 단주."

마라살룡단 단주 진명이 나를 도발했다.

"그럼 선배님께서 이 후배에게 한 수 가르침을 주시겠소?"

말도 슬쩍 반쯤 놓고 말을 하자 진명의 긴 얼굴이 꿈틀거렸다.

"허허허, 간덩이가 부어도 한참 부었어. 각주. 후배와 모처럼 비무를 하려고 하는데 이의가 있소?"

권돈은 이 상황을 예상하고 있었기 때문에 말리지 않았다.

"본 각주는 단주들의 회합에 의기투합하고자 하는 비무를 적극 추천하는 바이지요."

권돈도 진명이 과연 애송이 단주를 이길 수 있는지 알고 싶었다.

그리고 진짜 살수와 전검이 어떻게 다른지도.

권돈은 백전의 용사 진명이 어린 단주에게 패할 것이라는 생각은 할 수 없었다.

만약 권돈이 무학을 아는 자였다면 어제 무영객을 죽인 반설응의 능력을 보았을 터. 그렇다면 더욱 이 비무를 적극 제지했을 것이다.

"여기서 할까? 나갈까?"

"그런데 회의는 끝난 것이오?"

내가 묻자 흥미가 동한 얼굴로 양지가 고개를 끄덕였다.

"우리 회의는 마쳤으니 나가도 된다."

내가 말했다.

"그럼. 나가지."

"나가지?"

양지가 묻자 내가 말했다.

"이거 왜 이래? 같은 단주끼리. 선배로 대접할 때 후배로 대해주면 얼마나 좋아. 나를 후배로 대접하지 않으니 나도 선배 대접할 필요 없잖아."

나는 강하게 나갔다.

그러자 앉아 있던 다섯 명의 단주의 몸에서 나를 죽일 듯한 기세를 뿜어내어 옥죄었다.

다섯 명이 뿜어내는 살기는 권돈을 놀라게 하기에 충분했다.

권돈은 멀찌감치 떨어져서 그들을 바라보았다.

나는 그 다섯 명의 살기를 받으면서도 전혀 위축되지 않았다.

그들의 혈기류를 파악해서 기류가 약한 곳으로 움직이면 되었다.

나는 다섯 명의 살기에서 공동이 생기는 공간으로 걸음을 옮겼다.

"유치하게 이게 뭐하는 짓인지 모르겠군."

내 말에 다섯 명의 얼굴은 발갛게 변했다.

그래도 그들은 살기를 거두지 않고 오히려 더욱 발산하며 나를 압박했다.

나는 다섯 기류의 공통 지점에 손을 넣었다.

그 바람에 그들의 살기는 서로 상충하며 타격을 주었다.

"큭!"

공력이 가장 약해 보이는 청옥마검 황강이 작은 신음을 흘렸다.

그리고 살기가 사라졌다.

"제법이야. 그 기세가 어디까지 살아 있는지 볼까?"

진명이 성큼 성큼 문을 나섰다.

"어디 마라살룡단의 단주 실력을 견식해 볼까?"

내가 그를 따라 내려가자 네 명의 단주는 서로 쳐다보며 침음을 삼켰다.

"생각보다 단단한 놈이야!"

"우리 다섯 명의 살기를 그리 쉽게 해소하다니."

이들은 충격을 받은 모습이었다.

그들은 갑자기 진명이 걱정되었다.

나는 혈주각 후원에 진명을 마주하고 섰다.

"시간을 오래 끌 필요가 없지."

내가 말하자 진명이 히죽 웃었다.

"건방진 것. 어느 정도 고개를 숙이고 들어오면 우리도 마지못해 네놈을 받아들였을 것이야. 그런데 완전히 하는 짓이 망나니로군."

내가 대꾸했다.

"말했잖아. 난 나를 존중해주는 사람에게 존중한다고. 그렇지 않은 사람에게는 난 똑같이 대해줘."

진명이 긴 팔을 늘어뜨리며 말했다.

"어디 네놈이 큰소리칠 수준인지 볼까?"

진명은 쾌검수였다. 긴 팔로 발검을 하면 누구도 막지 못한다고 알려졌다.

진명이 휘청하며 나를 향해 쏘아져 왔다.

그리고 발검을 하고 내 가슴을 찔렀다. 죽으려고 작정하지 않은 이상 나올 수 없는 수법이었다.

'하여간 마도 놈들은 이게 문제야. 금방 발끈해서는.'

나는 진명이 발검하고 내 가슴을 찌르는 순간 무영무종섬을 펼쳐 그의 검에 올라섰다.

진명은 자신이 발검한 검 위에 내가 서 있자 놀란 표정이었다.

내가 언제 그 위에 올라갔는지 감도 못 잡고 있었다.

나는 한 번 죽고 살아난 이후 무영무종섬이 더욱 완숙해진 것을 느낄 수 있었다.

네 명의 단주들은 내가 진명의 검 위에 서 있는 것을 보며 경악하는 표정이었다.

진명은 전신의 모든 진기를 끌어내 쾌검을 펼쳤다.

이번에는 피할 수 없을 것이라고 여겼다.

진명의 손에서 섬광이 일었다.

수십 조각으로 절단 날 정도로 검기가 난무했다.

하지만 나에게는 그의 쾌검이 하품이 날 정도로 느렸다.

그리고 나는 진명의 투기를 꺾을 요량으로 그의 머리로 올라섰다.

그의 쾌검을 피해 진명의 정수리를 밟고 서자 진명은 몸을 부들부들 떨었다.

지금까지 이런 수모는 처음이었다.

하지만 몇 초 되지 않은 충돌로 진명은 느낄 수 있었다.

옥소마군이란 자는 자신이 어찌해볼 수 없는 수준의 경지임을.

나는 허공으로 솟구쳐 그의 앞으로 내려섰다.

"어디 더 해볼까?"

진명은 검을 거칠게 회수하더니 말했다.

"내가 졌다."

"좋아, 그럼 나와 겨뤄 볼 사람이 더 있소?"

나는 살신, 창은, 황강, 양지를 훑어보며 말했다.

하지만 그들은 슬쩍 내 눈길을 피했다.

자신들이 나와 싸워도 진명과 같은 꼴을 당할 것을 아는 것이다.

"그럼 이제 나도 매일 혈주각 회의에 참석할 수 있겠소?"

내가 권돈을 향해 말하자 권돈이 어색한 미소를 지으며 대꾸했다.

"하하하. 이를 말인가. 엄연히 본 맹의 백랑비마단의 단주이신데."

나는 그들을 경악하는 표정을 즐기며 말했다.

"그럼, 이렇게 인사를 나눴으니 술을 한 잔씩 하며 회포를 풀까요?"

양지가 대꾸했다.

"그것은 다음으로 미루는 것이 좋겠소."

나는 그를 보며 말했다.

"이 얼마나 좋소. 후배가 선배님들을 선배 대접해서 좋고 선배는 후배 대접해서 좋고. 얼마나 보기 좋이 보이겠소. 그렇지 않습니까? 각주님?"

권돈은 허허롭게 웃었다.

"허허허. 그렇지요. 그래."

"그럼 회의도 끝나고 회포도 나중에 하고. 전 이만 가 봐도 되겠습니까?"

권돈이 대꾸했다.

"당연하지요."

나는 그들을 향해 일일이 포권으로 인사하며 돌아섰다.

권돈은 반설웅이 사라지는 모습을 보며 중얼거렸다.

"참 재밌는 사람이 왔군."

양지가 말했다.

"무영객을 죽였다고 해서 믿지 않았거늘."

살신이 진명에게 물었다.

"붙어보니 어때? 설마하니 봐준 것은 아니겠지?"

아직 진명의 입술이 떨리고 있는 것을 보니 분함을 못 이기고 있었다.

"제길, 첫 번째 발검은 몰라도 두 번째 발검은 정말 놈을 죽이려고 내 혼신의 진력을 다 끌어모아 발검했어."

그 말에 네 명은 모두 인상을 구겼다.

그 말인즉슨 진명이 그런 발검을 했다면 여기 있는 단주 중 피할 사람은 아무도 없다는 뜻이었다.

이들 중 가장 강하다고 하는 양지조차 혼신을 다한 진명의 발검은 피하지 못했다.

"놈이 언제 내 머리끝에 올라갔는지도 느끼지 못했어. 씨발. 쪽팔려서."

지금껏 조용히 있던 창은이 중얼거렸다.

"문제는 진명의 머리에 올라가는 모습을 본 사람 있소?"

황강도 살신도. 양지도 고개를 흔들었다.

보지 못한 것이다. 언제 어떻게 움직였는지.

황강이 실소를 지으며 말했다.

"이거 잘하면 동료가 아니라 상관을 모시게 될 판이군."

이렇게 압도적인 무위를 가지고 있을 줄 몰랐던 단주들은 떨떠름한 표정으로 권돈을 바라보았다.

"뭐요?"

"왜 그가 무영객을 죽인 이야기를 좀 더 자세히 하지 않았소? 그렇지 않으면 이렇게 망신은 당하지 않았을 텐데."

권돈은 분명히 그들에게 충분히 설명해주었다.

무영객과 옥소마군의 싸움을.

다만 무학적인 표현보다 학사로서의 수사가 많아서 문제였을 뿐이었다.

제 14 장

NEO ORIENTAL FANTASY STORTY

백랑비마단(白狼飛魔團)

"이왕 여기까지 온 김에 우리 백랑비마단에 한번 가 볼까?"

나는 혈주각을 나온 후 그냥 돌아가기 뭐해서 사십사각에 백랑비마단이 집합해 있는 곳으로 향했다.

사십사각은 오래전 사십사혈마단이 거주하던 곳이었다.

"사십사혈마단의 단원들도 있을 텐데 재밌겠군."

나는 이상하게 혈웅맹에서 일어날 모든 일이 기대되었다.

사십사각에 들어서자 전각 안에 백여 명의 무사들이 모여 있었다.

그런데 그들을 자세히 보니 삼삼오오 모여서 주사위 놀이나 하거나 잡담을 하고 있었다.

그들은 내가 들어서도 신경 하나 쓰지 않았다.

나도 그들 중 하나라고 생각하는 듯했다.

나는 천천히 연단 위로 올라섰다.

내가 연단 위에 서도 무사들은 주목하는 이 하나 없었다.

철저하게 외부인에게 신경을 쓰지 않았다.

나는 모든 진기를 풀어 발산했다.

우우우웅!

공기의 진동이 일 정도로 내가 발산한 진기가 전각 안을 휘저었다.

그제야 이상하다고 생각했는지 백여 명의 무사들이 연단 위에 서 있는 나를 쳐다보았다.

그러다 중앙에 있던 한 사내가 물었다.

"누구쇼?"

투박한 말투의 사내가 네가 뭔데 여기서 지랄이야 하는 표정을 하고 있었다.

"본인은 여기 있는 너희를 이끌 단주다."

"단주? 웃기고 자빠졌군."

"어린놈이 무슨 놈의 단주라고."

투박한 말투의 사내가 중얼거렸다.

나는 그 즉시 무영무종섬을 펼쳐 놈의 복부에 주먹을 꽂아 넣고 다시 연단 위로 돌아왔다.

아마도 놈들은 내가 동에 번쩍 서에 번쩍하는 것으로 보일 것이다.

"말조심하라. 난 너희 단주야."

"우리는 단주가 온다는 통보를 받은 적이 없소."

나는 다시 말을 하는 그놈에게 가서 발로 복부를 걷어찼다.

"커억!"

놈이 신음을 흘릴 때 나는 이미 다시 연단 위에 서 있었다.

그러니 그중 한 사내가 검을 들고 벌떡 일어섰다.

"이게 무슨 짓이오! 단주라는 자가 와서 다짜고짜 설명도 하기 전에 주먹질부터 하다니. 아무리 마도인이라 해도 최소한의 예의가 있소."

"그래? 내가 단주라고 하는데 비아냥거리는 놈들을 향해 미소를 지어야 해? 그게 너희가 바라는 단주야? 난 말이야. 이제부터 너희를 개돼지처럼 부려 먹을 거야. 그러니 내 앞에서 쓸데없는 소리를 하면 저 꼴이 될 것이다."

복부에 주먹과 발길질을 당한 두 무사가 아직도 바닥을 뒹굴고 있었다.

"이런 쌍! 그렇지 않아도 동료가 전멸해서 기분이 엿 같은데 뭐 이런 게 왔어."

나는 놈을 보며 씨익 웃었다.

본보기가 필요했는데 그놈이 적당했다.

나는 번개처럼 놈에게 다가갔다.

놈은 내 움직임을 보고 검을 뽑으려고 했지만 검을 채 뽑기도 전에 내 주먹은 놈의 복부에 꽂혔다.

퍽!

놈이 허공으로 치솟았다.

그리고 나는 권극으로 놈의 몸을 두들겼다.

퍼퍼퍼퍼퍼퍽!

허공에서 매타작을 받은 놈은 신음조차 내지 못하고 바닥에 떨어졌다.

누가 보면 죽었을 것으로 생각할 수 있었다.

그러자 전각 안의 백여 명의 가량의 무사들이 살기를 뿜어내며 나를 쳐다보았다.

"좋아. 여기서 한번 드잡이를 할까? 내가 병신이 돼도 너희에게 책임을 묻지 않겠다. 그러니 불만 있는 새끼들은 다 덤벼라."

나는 마도인을 다루는 방법을 알고 있었다.

백도무림인처럼 다룬답시고 고상하게 접근하다가는 병신이 되기에 십상이었다.

마도인은 자신을 압도하는 힘을 가진 자에게 고개를 숙이는 족속들이었다.

압도적인 힘을 보여주어야만 개처럼 꼬리를 흔들었다.

이들이 힘을 숭상하기 때문이었다.

"죽이지는 말고 병신으로 만들어."

"그동안 울분이 쌓였는데 잘 됐다."

전각 안에 있던 무사들이 일제히 나를 향해 덤벼들었다.

나는 그런 그들을 향해 히죽 웃었다.

"이래야 혈웅맹 무사답지."

나는 그때부터 놈들을 타작하기 시작했다.

놈들의 손에 당할 내가 아니었다.

무영무종섬으로 수십 명을 쓰러뜨리니 놈들이 갑자기 진을 형성해서 덤벼들었다.

제법 머리를 쓰는 것이다.

"새끼들. 열 받았군."

열 명이 진을 형성하고 들어오기에 나는 허공으로 몸을 띄웠다.

등운섬영이었다.

뭔가 생각보다 쉽게 등운섬영을 이루자 나는 기분이 좋았다.

허공에 떠서 손발로 열 명을 모조리 때려눕히자 미친놈들처럼 달려들던 무사들이 순간 주춤했다.

"고작 이런 걸로 겁을 먹어? 그러니 전멸한 거야. 새끼들아."

내가 놈들을 도발하자 주춤하던 무사들이 살기를 담아 덤벼들었다.

개중에는 비수를 꺼내는 놈들도 있었다.

"이런 독기가 있어야지."

나는 무영무종섬으로 산책하듯 한 놈 한 놈 패기 시작했다.

백여 명이 많은 것 같아도 내가 번개처럼 움직여 때려눕히자 반 시진도 안되어서 모조로 바닥에서 바둥거렸다.

이런 상태에서 놈들에게 일장연설을 해봐야 역효과만 줄 뿐이었다.

그래서 나는 한마디만 했다.

"본단의 이름은 백랑비마단이고 본좌의 이름은 반설웅이다. 죽어서라도 기억해야 할 이름이니 지금 머릿속에 박아 넣도록."

나는 그 말만 하고 사십사각을 나왔다.

밖으로 나오자 그때까지 참고 있었는지 놈들의 앓는 소리가 들리기 시작했다.

마도인의 자존심을 지키려고 신음을 참았던 것이다.

"으하하하! 모처럼 통쾌하게 패주었구나. 맞은 게 아물려면 며칠 고생해야 할 거다."

나는 그 다음 날에도 사십사각에 들어갔다.

내가 문을 열고 들어서자 바닥에 널브러져 있던 자들이 흠칫하더니 자세를 바로 했다.

나는 다른 말을 하지 않고 용건만 전달했다.

"본단은 현재 백여 명밖에 되지 않는다. 해서 백여 명가량 더 모집할 것이다. 그렇게 알도록."

내 말에 반박하는 이 하나 없었다.

어제 압도적인 힘의 차이를 보여줬으니 놈들도 내가 어떤 인물인지 알게 된 것이다.

나는 그 길로 총관전으로 향했다.

나는 어슬렁어슬렁 걸었다.

누가 보면 한량이라고 할 만한 모습일 것이다.

길을 가던 중에 한 소녀가 쭈그려 앉아 울고 있었다.

요미랑보다 덩치도 크고 그렇게 어리지 않아 보이는데 죽은 새를 보고 눈물짓고 있었다.

그 모습이 혈웅맹에 어울리지 않아 잠시 당황했지만 나는 그냥 지날 칠 수 없었다.

무엇보다 소녀의 미모가 나를 끌어당겼다.

요미랑이나 고결하, 당소소가 떨어지는 미모는 아니었으나 소녀의 미모는 그녀들의 얼굴이 생각나지 않을 정도로 빛을 발했다.

사람이 미모가 전부는 아니지만, 이 순간 소녀의 얼굴을 보는 순간 뇌리가 마비되는 것 같았다.

"새가 죽어서 우는 거야?"

내가 앉으며 묻자 소녀가 나를 빤히 쳐다보았다.

"아저씨 누구야?"

"응. 그냥 길을 가던 아저씨."

소녀가 새 몸통에 있던 비수를 빼 들었다.

알고 보니 새는 소녀가 던진 비수를 맞은 죽은 것이다.

"네가 죽였니?"

"내가 키우던 새인데 도망치잖아. 그래서 잡으려다가 그만 죽이고 말았어요. 내가 정말 아끼던 새인데."

마도에서 자란 소녀답다고 해야 할까?

"다음부터는 네가 아끼는 것이라면 잡으려고 하지 말고 놓아줘. 아끼는 것은 잡기보다 스스로 따르게 해야지."

"어? 아저씨도 우리 아버지와 똑같은 말을 하네요."

"그래? 네 아버지는 참 똑똑하신 분인가 보구나."

소녀의 얼굴이 밝게 돌아오자 나는 농을 던졌다.

"헤헤, 아주 많이 똑똑하시죠."

"만약에 네가 이 새를 따르게 했다면 도망가려고 하지도 않았을 것이고 너를 따랐을 거야. 그런 의미로 이 새의 무덤을 만들어 주자."

나는 그길 가장자리에 작은 구덩이를 팠다.

소녀는 새를 묻고는 말했다.

"나를 원망하지 말고 좋은 곳에 가서 잘 살아."

이런 감성을 보면 마도인이라고 다른 사람과 다를 바 없었다.

"근데 아저씨 이름은 뭐에요?"

초롱초롱한 눈으로 나를 바라보며 묻는 소녀를 보며 싱긋 웃었다.

"아저씨 이름 알아서 뭐하게?"

"그냥요. 물으면 안 돼요? 보통 내가 물으면 다 대답해 주던데."

나는 피식 웃었다.

"아저씨 이름은 비밀이야."

그 말에 소녀가 호기심 어린 눈으로 손뼉을 쳤다.

"아, 그럼 아저씨는 특수 임무를 수행하는 비밀무사이 시군요."

나는 맞장구를 쳐 주었다.

"뭐, 그럼 셈이지. 그런데 넌 어디로 가는 중이야?"

"전 이 길을 따라 쭈욱 따라 들어가면 돼요."

"혼자서 나돌아다니지 마. 이곳은 너같이 예쁜 아이가 혼자서 돌아다니기에는 위험한 곳이야."

마도인들이 이런 미인을 보면 이성을 잃는 것을 간혹가다 보아서 걱정되었다.

"괜찮은데."

"아니야. 지금까지는 운이 좋아서 그런 거야. 다음부터는 절대 혼자 다니지 마."

소녀는 나를 올려다보며 앙증스런 입술로 조잘거렸다.

"헤헤, 그런 말은 우리 오라버니하고 아버지가 하는 말인데. 아저씨한테 들을 줄 몰랐네."

"거 봐. 네 아버지하고 오라버니가 그런 말을 했으면 맞는 거야. 세상의 남자는 다 늑대야. 알았지?"

나는 이 소녀가 마치 동생을 보는 것 같은 느낌에 여러 가지 말을 해주었다.

요미랑은 요기와 색기가 강해서 소녀라는 느낌이 들지 않는데 이 소녀는 천진난만한 눈빛과 표정이라 동생이 연상되었다.

"가자, 아저씨는 총관전에 가는 길이니 거기까지 데려다 줄게."

소녀는 빙그레 웃으며 대답했다.

"네."

그러면서 내 곁에 딱 붙는데 난 난감한 생각이 들었다.

"아가씨. 아저씨가 말했지. 세상의 남자는 다 늑대라고. 그건 그 말을 하는 남자도 해당하는 말이야. 그러니 떨어져서 걸어."

내가 소녀를 팔꿈치로 슬쩍 밀치자 소녀가 시무룩하게 변했다.

"왜 세상에는 늑대밖에 없을까요? 양이나 내가 좋아하는 강아지도 있으면 좋을 텐데."

"양이나 강아지 같은 남자도 있어. 하지만 남자는 여자에 관해서는 기본적으로 늑대야. 지금은 무슨 소리인지 몰라도 나중에 더 크면 알게 될 거야."

총관전이 보이기 시작하자 내가 말했다.

"아저씨는 일이 있어 저곳에 가야 하니까 넌 이제 네 집으로 가거라. 절대 혼자서 돌아다니지 마. 알았지?"

"네. 그런데 아저씨 보려면 어디로 가면 돼요?"

"하하하, 우리 꼬마 아가씨가 외로웠나 보구나. 아저씨 같은 사람하고 대화를 나누고 싶어 하고. 나중에 혼자 오지 말고 네 오라버니나 아버지하고 같이 우리 집에 놀러와. 우리 집은 몽운각이라 부른다."

소녀가 눈을 동그랗게 떴다.

"어? 몽운각? 거긴 못생긴 늙은 할아버지가 사는 집인데."

나는 소녀의 말에 크게 웃었다.

"하하하! 맞아. 그 집을 아저씨가 그 못생긴 늙은 할아버지한테 받아서 살고 있어. 이제는 이 아저씨 집이야."

"아, 그렇구나."

나는 총관전을 주변으로 많은 사람도 오가는 번화한 곳이라 소녀가 변을 당하지 않을 것 같아서 말했다.

"이제 집으로 가거라."

나는 총관전을 향해 들어갔다.

총관전의 전주 호번은 부맹주 고학의 오른팔로 나를 보면 달가워하지 않을 것이다.

하지만 백랑비마단의 신입 무사를 모집하려면 우선 총관전에 신고해야 해서 그를 만나야만 했다.

싫다고 해도 우선 규칙을 따르는 것이 좋았다.

소녀는 한참 걸어가다 멀찍이 한 사내가 서 있는 것을 보고 활짝 웃었다.

"오라버니!"

사내가 소녀를 보고 짐짓 화난 표정을 지었다.

"너 정말 혼날래? 혼자서 돌아다니지 말라고 해도 계속 이럴 거야?"

"헤헤, 미안. 그만해. 그 말을 저 아저씨한테 계속 들어서 나도 잘 안단 말이야. 예전에는 오라버니가 그 말을 해서 잘 몰랐는데 생판 남한테 들으니까 좀 경계심이 들어."

"그래? 그가 뭐라고 그랬는데."

"나 같이 예쁜 사람은 이곳을 혼자서 돌아다니기에는 위험하데."

"내가 그렇게 얘기해도 듣지 않더니 처음 보는 사람이 그 말을 하니 믿어줘?"

"응. 지금까지 나를 보는 사람들 눈은 좀 이상했는데 그 아저씨는 나를 보는 눈이 오라버니와 같았어. 그래서 거부감이 생기지 않더라고."

소녀의 말대로 원래 동생은 다른 남자와 대면하는 것을 상당히 꺼렸다.

워낙에 미인이다 보니 어떤 사내든 동생을 볼 때 음심을 품고 보기 때문인데 또 그것을 동생은 쉽게 느낀다는 것이 문제였다.

"그런데 저 아저씨는 누구야? 이름을 물어도 대답하지 않더라고. 자기가 비밀무사라고 하는데? 그래서 이름을 말해줄 수 없대."

그 말에 사내가 피식 웃었다.

"비밀무사? 웃기는 작자군. 저 아저씨 이름은 옥소마군이라 불린다."

소녀가 깜짝 놀라며 눈을 크게 떴다.

"아! 저 아저씨가 옥소마군이야? 하도 소문이 많아서 나는 육두괴물인지 알았는데. 옥소도 잘 불겠네? 나중에 옥소를 불러달라고 해야지."

"안 돼."

"옥소마군이 나한테 말했어. 내가 저 아저씨 집으로 놀러가겠다고 하니까 놀러 오려면 혼자서 오지 말고 오라버니나 아버지와 함께 자기 집으로 오라고. 같이 가면 되잖아."

그 말에 사내가 잠시 생각에 잠겼다.

"그래? 알았다. 그럼 생각해 보지."

"헤헤. 잘 됐다."

사내는 고개를 흔들며 천진난만한 동생의 머리를 헝클 어뜨렸다.

"오! 이게 누구신가?"

호번은 과장된 몸짓으로 나를 아는 체했다.

그것이 조소가 곁들어 있음을 알고 있지만, 고작 그런 것으로 화를 내기에는 내 인내심은 광활했다.

"안녕하십니까. 정식으로 인사를 드려야 했는데 늦게 찾아왔습니다."

내가 의외로 인사성 밝게 행동하자 호번의 과장된 몸짓 이 줄어들었다.

"음. 그래. 무슨 일이오?"

호번은 나를 물끄러미 보며 물었다.

내가 시비를 걸러 온 것이 아님을 안 것이다.

"이번에 백랑비마단에 단원을 모집하려고 하는데 아무 래도 총관전의 허락을 얻어야 할 것 같아서 왔습니다."

"그렇지요. 총관전의 허락 없이는 단원의 증원은 할 수 없지요."

"그런데 지금 있는 백여 명이면 충분하지 않소?"

호번은 나를 떠볼 심산인지 그런 말을 던졌다.

"호 총관님도 아시다시피 무력단체는 누구 개인을 위해 존재하지 않습니다. 제가 혈웅맹을 높이 평가하는 것 중 하나가 무력단체는 정치적으로 이용하지 않는다는 사실입니다. 이 부분 하나만큼은 오히려 구천맹보다 더 나을 것입니다. 그리고 이러한 조직체계를 구축한 것도 총관전의 힘이 아니면 불가능하다는 것도 알고 있습니다."

내가 슬쩍 호번을 띄워 주자 호번의 눈매가 살짝 올라갔다.

하지만 여전히 그의 눈빛은 나를 경계하고 있었다.

"저는 백랑비마단을 혈웅맹을 위해서만 사용할 것입니다. 그러니 좀 도와주세요."

내 말이 설득력이 있었던 것일까?

아니면 다른 노림수가 있었던 것일까?

나는 그 후자라고 생각했다.

"알았소. 듣고보니 반 단주의 말이 옳은 것 같소. 총관전은 단원 모집을 허락하겠소."

"감사합니다."

나는 호번과 더 대면할 이유가 없어 일어섰다.

"그럼 전 이만 가보겠습니다. 단원을 모집하려면 할 일이 많을 것 같습니다."

"알았소. 가 보시오."

의외로 실랑이 한 번 벌이지 않고 총관전의 허락을 득해서 기쁘기는 했지만, 마냥 즐겁지만은 않았다.

충분히 저 작자들이 무슨 수작을 벌일지 알기 때문이었다.

'자기 사람들을 대거 보내겠지.'

만약 예전의 나였다면 그런 것이 신경 쓰였을 테지만 지금은 아무래도 상관없었다.

백여 명이 모두 부맹주파 무사들이라 해도 그들을 모두 백랑비마단으로 만들 자신이 있었다.

제 15 장
NEO ORIENTAL FANTASY STORTY
전장에서 사는 법을 가르쳐 주마

제 15 장
전장에서 사는 법을 가르쳐 주마

혈웅맹은 내가 백랑비마단의 단원을 추가 모집한다는
말에 벌집을 건드린 듯 아우성이었다.

일단 공고를 낸 것은 성공적이었다.

공고하자마자 사십사각에 혈웅맹의 무사들로 문전성시
를 이루었으니까.

나는 일단 온 사람들은 모두 받아들였다.

그리고 다른 이들이 보면 기이하다고 할만한 행각을 벌
였다.

"모두 사열 횡대로 서라."

내가 말하자 수십 명의 무사가 늘어섰다.

"지금부터 내가 지나가며 합격이라 하는 자는 일차 합

격자다."

나는 횡대를 지나치며 마체역근경을 운용하며 도열한 무사들의 혈기류를 감지했다.

그것으로 무사들이 공력을 어느 정도 측정할 수 있었다.

기도를 느끼는 것보다 훨씬 더 정밀하게 측정할 수 있었다.

"합격. 합격!"

첫날 오십여 명 가량 왔지만 내가 합격시킨 무사는 열 명도 채 되지 않았다.

기존의 백랑비미단의 무사들은 황당하다는 얼굴로 나를 쳐다보았다.

한 번 쓰윽 훑어보는 것만으로 합격 여부를 결정하는 내가 이해가 되지 않는 모양이었다.

그렇게 해서 열흘간 백 삼십여 명을 일차 합격시켰다.

혈웅맹은 내 행각에 대해 말이 많았다.

미친놈이라는 소리부터 해서 신기가 들어서 그렇다고 하는 등 별별 소문이 다 나돌았다.

그것도 그런 것이 한번 보는 것으로 당락을 결정짓는다는 게 말도 안 되기 때문이었다.

내가 합격을 시킨 자들은 적어도 반 갑자 이상의 공력을 가진 자들이었다.

그 이하면 가차 없이 탈락시켰다.

다른 것은 몰라도 탈락하는 이들은 그 이유를 어느 정도 이해하는 듯했다.

"이번에는 자신이 아는 초식을 펼쳐라!"

백 삼십여 명이 늘어선 곳에서 내가 외치자 한 무사가
물었다.

"동시에 말입니까?"

"그래."

영문을 모르지만 내가 시키자 그들은 자신들이 알고 있
는 초식을 펼치기 시작했다.

나는 무사들 사이를 산책하듯 걸으면서 말했다.

"합격! 앞으로 나가."

초식을 펼치다 내가 합격했다고 말하면 어리둥절한 얼
굴로 앞으로 나갔다.

그들로서는 어떤 부분 때문에 합격했는지 모르기 때문
이었다.

그렇게 해서 나는 초식을 연계할 때 진기가 제대로 운용
되지 못하는 무사 서른 명을 탈락시켰다.

공력만 많다고 좋은 게 아니라 그 많은 공력을 효과적으
로 운용할 줄 아는 무사가 필요했다.

이 두 가지만 된다면 뛰어난 무사라고 할 수 있었다.

그렇게 해서 보름간 모집한 무사들을 선별해서 뽑았다.

그들도 어느 정도 말이 오갔다.

이번에 뽑힌 무사들이 제대로 된 자들이라고.

어떻게 그걸 알고 뽑았는지 귀신같은 눈을 가지고 있다는 소문이 나왔다.

그런데 문제가 있었다.

이들을 수련시킬 교관이 필요했다.

내가 이들과 함께 수련하며 시간을 보낼 여유가 없었다.

제대로 수련시킬 교관이 필요한데 그럴 정도의 무사는 지원하지도 않았다.

그렇게 고민하는 중에 혈웅맹 수문위사에게 연락이 왔다.

"반 단주님을 찾는 자들이 있습니다."

"그래? 가지."

나는 나를 찾는 자가 누군지 궁금해서 발길을 재촉했다.

혈웅맹은 방문객을 위한 작은 거처가 있는데 그곳으로 나를 안내했다.

나는 문을 열고 들어가자마자 몸이 굳었다.

생각지도 못한 자들이 그곳에 있었다.

"왜? 우리를 보니 너무 감격스러운가?"

그렇게 말하는 이들은 바로 사우회를 결성한 두 명의 사내였다.

해원마협 노승환과 정우마검 강대호였다.

나는 이들의 방문에 잠시 말을 잃었다.

"여긴 어쩐 일입니까?"

내가 묻자 정우마검 강대호가 섭섭하다는 듯 말했다.

"어쩐 일이냐니? 뜻이 있다면 자네를 찾아오라 하지 않았나?"

"그랬지만 두 분이 정말 저를 찾아올 줄 몰랐습니다."

"맞아, 우리도 그렇게 생각해. 이번에 혈웅맹에서 옥소마군이 단원을 모집하는데 그 괴이한 행각에 무림에서도 말이 많았네. 우리는 그 소식을 듣고 이참에 자네에게 도움이 되고자 장원을 나섰네."

나는 두 사람의 손을 잡고 말했다.

"정말입니까? 그렇지 않아도 계획을 수립할 믿을만한 사람이 없어 고민하고 있었는데. 정말 잘 오셨습니다."

"그런데 우리를 혈웅맹이 받아줄까?"

해원마협 노승환이 말했다.

"일전에는 나를 잡기 위해 사십사혈마단이 동원되기도 하고 말이야."

나는 웃으며 대꾸했다.

"그건 걱정하지 마세요. 사십사혈마단 단주를 죽이고 단원들을 몰살시킨 저도 이렇게 잘살고 있으니까요."

말을 하면서 궁금하던 것을 물었다.

"그런데 예전에 왜 사십사혈마단이 노 숙부를 쫓은 것입니까? 제가 사정을 알아야 나중에 일이 터졌을 때 중재할 수 있을 것 같습니다."

해원마협 노승환은 뒷머리를 긁적거렸다.

"별일 아닌데 그 상약이란 놈이 지랄을 떤 거지. 기루에 갔는데 놈이 기녀들을 때리고 그러잖아. 그것까지는 참겠는데 나중에는 검을 빼 들고 죽이려고 들잖아. 그래서 할 수 없이 놈과 거기서 대판 싸웠지. 거의 내가 초주검 될 때까지 박살 냈거든. 그게 아마 놈들이 범빙의 장원으로 들어가기 전날일 거야. 아마 놈은 그때 피똥 싸며 한동안 거동도 하지 못했을걸."

나는 그 말을 듣고 몇 가지 의문이 풀렸다.

"아, 제가 범빙 소저의 장원에 있을 때 상약이란 자가 얼마간 밖으로 나오지 못하고 두문불출했습니다. 그게 알고 보니 놈이 내상 때문에 방에 틀어박혀 요상을 한 것이었군요."

노승환이 싱긋 웃었다.

"본래 무림이란 곳이 별일도 아닌 것으로 원수가 되기도 하는 것이지."

"그것은 걱정하지 마십시오. 그건 제가 처리하겠습니다. 그러니 이제부터 두 숙부님은 백랑비마단의 부단주와 훈련교관으로 단원들을 훈련시켜 주십시오."

"오자마자 부려 먹을 건가?"

"하하하. 이왕 저를 돕기 위해 왔으니 각오하셔야 할 겁니다."

"허어. 이거 우리 생각과는 다르네. 우린 자네 덕에 호의호식할 생각하고 왔는데."

"얼마든지 맛있는 것을 대접할 테니 백랑비마단을 아주 단단한 놈들로 만들어 주십시오."

나는 천군만마를 얻은 기분이었다.

해원마협 노승환이나 정우마검 강대호는 절정의 고수였다.

사실 어느 누가 그런 절정의 고수들을 수하로 부리겠느냐 말이다.

일개 단주가 그런 고수 둘을 보유하고 있으니 혈웅맹 여섯 전단 중에서 가장 전력이 강하다고 할 수 있었다.

실제로 이들은 단주가 될 수 있는 전력이었다.

다섯 명의 혈웅맹 단주들도 이들 실력에는 미치지 못할 것이다.

"우리가 머물 곳은 어딘가?"

"제가 현재 머무는 곳이 있는데 그곳에 방이 많습니다. 다 두 분을 위해 마련해 놓은 것이지요."

"같이 사는 것도 나쁘지 않아. 서로 호위를 서는 효과가 있어."

두 사람은 몽운각에 들어서는 감탄을 터뜨렸다.

"오오! 송옥장보다 훨씬 나은걸."

"하하하, 원래 이곳은 서룡 장로가 쓰던 휴식처인데 제게 넘긴 것이죠."

"그가 자네를 애지중지한다는 것을 이것으로 알겠군. 이 정도의 장원을 내줄 정도면."

두 사람이 몽운각에 들어와 떠들자 부엌에 있던 요미랑이 나왔다.

"아저씨들은 누구세요?"

"어? 우리는 오늘부터 이곳에서 살 사람들이다. 여기 있는 사람의 숙부가 되지."

요미랑의 눈빛이 빛났다.

"그래요? 우리 공자님의 호위쯤 되나 보군요."

"하하하! 그래. 호위라고 해두자."

나는 웃으며 요미랑에게 말했다.

"미랑아, 이 두 분은 백랑비마단의 부단주와 훈련교관이시다. 이제부터 이 두 분도 나를 대하듯이 모셔야 한다."

"히잉! 그건 싫은데. 혼자서는 힘들어요."

"알았어. 내가 사람을 더 보내라고 할게."

"아. 그건 됐어요. 차라리 혼자 하는 게 나아요."

노승환이 대소를 터뜨렸다.

"하하하, 꼬마 아가씨가 공자님을 독점하고 싶은 게로구나."

요미랑의 눈빛이 샐쭉해졌다.

"그걸 알면서도 절 면박을 주기 위해 말하는 것은 군자

306

의 도리가 아닙니다."

"어허, 꼬마 아가씨에게 추궁까지 당할 줄은 몰랐군."

노승환과 강대호는 귀여운 요미랑의 말에 웃음이 끊이
지 않았다.

요미랑이 아무리 두 사람을 면박을 줘도 그들에게는 요
미랑은 손녀 같은 아이였다.

나는 백랑미마단의 훈련을 두 사람에게 맡기고는 삼극
태황공을 기반으로 한 세 명을 한 조로 이루는 검진을 하
나 만들기 위해 골몰했다.

이 검진은 검진을 펼치는 자들에게는 잔인한 구석이 있
었다.

거의 한 달간, 그동안 내가 구상했던 검진을 창안했는데
삼극진(三極陣)이라고 이름 지었다.

나는 그것을 가지고 사십사각에 들어갔다.

그동안 해원마협 노승환과 정우마검 강대호가 백랑비마
단을 얼마나 굴렸던지 백랑비마단의 눈빛에서 독기가 솟
구쳤다.

나는 몇 달 만에 연단에 섰다.

"지금부터 내가 준 비급에 있는 검진을 익힐 것이다."

내가 말하자 무사 중 하나가 말했다.

"단주, 외람되오나."

말을 하던 무사가 갑자기 고꾸라졌다.

노승환이 다가가 무사의 복부를 걷어찬 것이다.

"이 새끼가 어디서. 단주가 뭐야? 단주님이지. 알았어?"

그러자 무사가 벌떡 일어나 외쳤다.

"알겠습니다."

나는 그 모습을 보고 싱긋 웃었다.

내가 굳이 손대지 않아도 될 정도로 두 사람이 잘 해주고 있었다.

바로 내가 원하던 것이었다.

"단주님. 지금까지 본 맹에서 전해지는 검진을 익힌 것도 다섯 개가 넘습니다. 굳이 새로운 것을 익힐 필요가 있겠습니까?"

나는 그런 질문이 나오길 바랐다.

"물론이다. 지금부터 내가 설명을 할 테니 익힐지 말지는 너희가 판단하라."

나는 말을 이었다.

"너희는 전투가 참전해서 싸워봤다면 알 것이다. 이류 고수나 초일류 고수를 만나면 단원 다섯 명이 덤벼들어도 그들을 이기지 못한다는 것을. 그렇지 않은가?"

그들은 고개를 끄덕였다.

전투를 치러본 자들은 고수가 얼마나 무서운지 알고 있었다.

"그런데 일반적인 검진으로는 그런 고수들을 막을 수 없다. 고작해야 시간을 벌 정도지. 내 말이 틀리는가?"

이번에는 반박하는 이 없었다.

"그래서 본 단주는 늘 고민했다. 실력이 모자라도 세 명이 모여 일류고수나 초일류고수를 죽이는 방법을 말이다."

내 말이 믿기지 않은지 모두 눈을 동그랗게 떴다.

세상에 그런 진법이란 존재하지 않는다는 것을 고수라면 알기 때문이었다.

"하지만 검진을 펼치는 자들에게는 냉혹하다 할 수 있다. 왜냐하면, 세 명으로 이뤄진 검진 중에 한 명이 동귀어진 수법으로 공격해야 하기 때문이다. 따라서 이것은 한 명이 희생하여 일류고수를 죽이는 검진이다."

내 말에 전각 내부가 싸늘한 냉기가 흘렀다.

죽음을 각오한 검진을 가르친다고 하는데 좋아할 사람은 없었다.

"동귀어진 수법으로 한 명이 희생한다고 했는데 그렇다고 꼭 죽는 것도 아니다. 너희는 모르겠지만, 일류고수쯤 되면 자기 목숨을 아낀다. 그들은 위험이 있다면 같은 죽으려 하지 않고 피하려고 한다. 바로 그때가 일류고수에게 틈이 생기는 것이다. 본 단주는 바로 그 시점에서 일류고수를 공략하는 검진을 창안했다."

나는 강하게 말했다.

"만약 전투에 나가서 살고 싶다면 내가 준 진법을 익혀야 할 것이다."

다른 무사가 말했다.

"단주님. 단주님은 전투 경험도 없는데 어떻게 그걸 아십니까!"

나는 싱긋 웃었다.

"본 단주가 어리다고 무시하지 마라. 본 단주는 실전감각을 익히기 위해 용병을 수없이 했을 뿐 아니라 왜구들과도 수십 차례 싸웠다. 본 단주가 그저 비급에 있는 초식을 익혀서 무형객을 이겼을 것으로 생각하는가? 그런 식으로 무공을 익혔으면 난 진즉에 무형객의 손에 죽었을 것이다. 부단주와 훈련교관을 믿는다면 내 말을 따라야 할 것이다. 본 단주는 너희를 죽이기 위한 것이 아니라 강한 적을 만나도 사는 방법을 알려주는 것이다. 이것이 너희에게 쓸만한 초식을 알려주는 것보다 백배 낫다는 것을 내 이름을 걸고 약속한다."

나는 여러 책자로 된 필사본인 삼극진을 노승환과 강대호에게 나눠 주었다.

노승환이 내게 전음을 던졌다.

-우릴 너무 부려 먹는 거 아니야?

나는 육성으로 대답했다.

"두 분의 손을 타니 그 어떤 전단보다 더 강해 보입니다."

강대호가 내게 말했다.

"그런데 너무 서두르는 것 아냐? 좀 쉬면서 천천히 해도 되잖아."

내가 고개를 저었다.

"제 생각에는 얼마 되지 않아 우리 전단이 출동할 수도 있습니다. 제가 오자마자 백랑비마단을 맡긴 것을 보면 알 수 있지요. 그리고 얼마 전에 암혈각에서 들은 이야기인데 구천맹의 화룡단과 구룡단이 사천에 들어섰다는 보고를 받았어요. 그럼 곧 출동명령이 떨어질지도 모릅니다. 어쩌면 시간이 촉발할지도 몰라요."

"그래? 그럼 지금부터 배는 더 굴려야지."

"두 분이 어째 더 신나 보이십니다."

"이게 말이야. 사람을 괴롭히는 게 이렇게 재밌는지 처음 알았어."

두 사람은 곧바로 삼극진을 수련하기 시작했다.

내가 전각을 나서자 여기저기서 곡소리가 들리기 시작했다.

나는 두 사람에게 말을 했지만 고결하에게 최근 화룡단과 구룡단이 사천에 들어왔다는 이야기를 듣고 마음이 무

311

거웠다.

구천맹이 최근 뇌룡단(雷龍團), 화룡단(火龍團), 백룡단(白龍團), 구룡단(九龍團)으로 전단을 새로 재편성했다는 이야기를 들었다.

뇌룡단은 맹주 황두영의 첫째 제자 뇌룡의검 이상선이 단주로 임명되었고 실력이 일취월장하여 맹주를 놀라게 했다는 백이염이 화룡단의 단주가 되었다.

백이염이 단주로 있는 화룡단과 어쩌면 생사를 두고 싸워야 할지도 모를 일이었다.

'아니, 반드시 충돌하겠지.'

그때는 그녀와 싸울 수 있을지 모르지만, 그렇다고 마냥 당할 생각도 없었다.

내가 생각하기에도 나는 거의 마도인으로 변해 있었다.

마치 본래부터 마도인이었던 것처럼.

〈7권에서 계속〉